Le fil à retordre
42 histoires extravagantes

Claude Bourgeyx vit à Bordeaux. Il est auteur de romans et de plusieurs pièces de théâtre.
Pour la première fois, il écrit des textes destinés *aussi* à la jeunesse.

Du même auteur :
Les petits outrages (le Castor Astral, 1984)
Coups de foudre (Belfond, 1985)
Les égarements de Monsieur René (Arléa, 1987)
L'amour imparfait (Arléa, 1988)
Changement d'adresse (William Blake and Co, 1990)

En collaboration avec Michel Iturria :
La vie comme elle vient (le Castor Astral, 1988)

L'auteur a adapté pour les jeunes lecteurs huit textes parus dans son livre *Les petits outrages* aux éditions le Castor Astral (1984).

CLAUDE BOURGEYX

Le fil à retordre
42 histoires extravagantes

Illustrations
de Roland Breucker

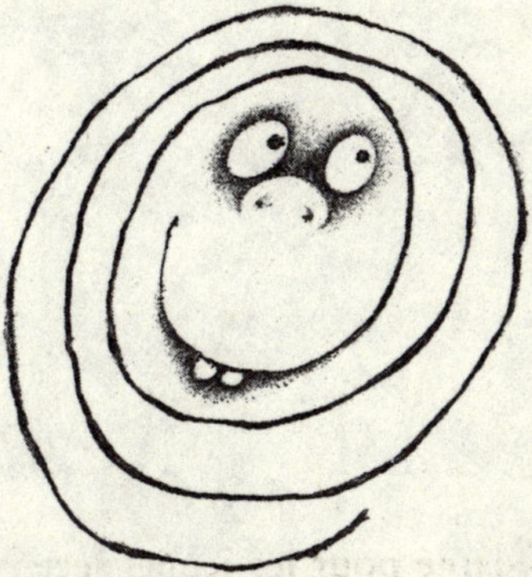

ARC EN POCHE / NATHAN

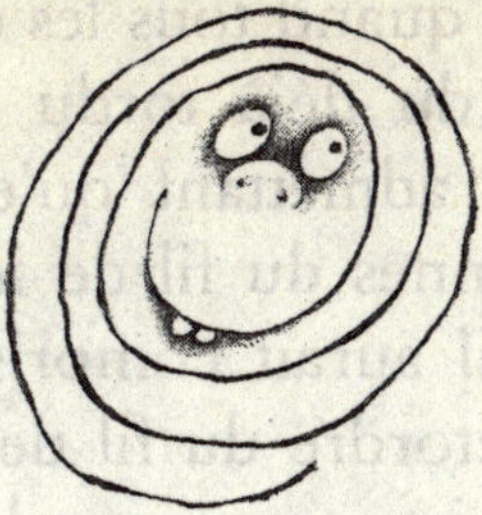

Le fil à retordre

Gégé-La-Flemme se demande pourquoi la maîtresse a dit ce matin qu'il lui donnait du fil à retordre, vu qu'il ne se rappelle pas lui en avoir jamais donné à tordre et qu'il est impossible de retordre du fil si on n'en a pas déjà tordu. D'ailleurs il est impossible qu'il lui en ait donné à tordre, encore moins à retordre, parce que du fil, il n'en a jamais sur lui. Et s'il en avait, il ne le donnerait pas, il le vendrait. Si encore elle avait dit : « Tu me vends du fil à tordre », ç'aurait été différent. Mais tout cela est idiot. A quoi bon tordre soi-même du fil quand tous les quincailliers en vendent du déjà tordu et, en plus, barbelé. En admettant qu'elle ait dit : « Tu me donnes du fil de fer barbelé à détordre », il aurait compris, Gégé-La-Flemme. Détordre du fil de fer barbelé se conçoit mieux que retordre du fil qui ne l'est pas.

La vérité, pense Gégé-La-Flemme, c'est que la maîtresse a l'esprit complètement tordu, encore plus que le fil. Et qu'elle ne compte pas sur lui pour le lui détordre, parce que, si ça se trouve, son esprit, en plus d'être tordu, il est barbelé. Dans ce cas, faudrait y aller avec des tenailles mais ce n'est pas possible vu que la maîtresse n'est pas à prendre avec des pincettes et que lui, de toute façon, il n'est pas outillé.

Défense de bronzer

Le panneau de bois mesure quatre mètres de haut et près de trente mètres de long. Autant dire que c'est un grand panneau.

Fixé à des poteaux qui s'enfoncent dans le sable, il enlaidit la plage. De loin, on pourrait croire qu'il sert de support à une affiche publicitaire mais on serait loin de la vérité. Sur le panneau il n'y a ni affiche ni publicité, seulement une inscription en lettres noires sur toute la surface :

DÉFENSE DE BRONZER

Le conseil est scrupuleusement suivi.

Les estivants de ce mois d'août ensoleillé, pâles comme des navets, se serrent les uns contre les autres pour être à l'ombre du panneau. Pas un bras, pas une jambe ne dépasse.

On pourrait imaginer que les gens sont dociles. En vérité, ils ont peur. Ils redoutent les patrouilles de surveillance qui font des rondes du matin au soir. C'est qu'on tire sans sommation sur ceux qui ne respectent pas la consigne ! Mais les insoumis sont rares.

Plus personne ne prend le soleil. Et tout cela pourquoi ? Parce qu'un jour quelqu'un l'avait pris et l'avait gardé huit jours.

Une semaine de nuit complète, vingt-quatre heures sur vingt-quatre !

La ruine pour la station balnéaire.

Maintenant l'affaire est réglée : prendre le soleil est interdit.

Le plus étonnant est que les gens continuent de venir à la plage. Ils y passent un mois.

Pour prendre l'air, sans doute.

Œufs de vache

— Dis marraine, pourquoi la poule pond des œufs et pas la vache ?

— Parce que la vache n'est pas la poule, ma petite Suzy.

— Oui mais un œuf c'est toujours un œuf !

La marraine de Suzy est dans l'embarras. Que répondre à cette gamine qui passe son temps à poser des questions idiotes ? Si elle pouvait se taire, quel bonheur !

— Dis marraine, tu crois que si la vache était une poule elle pondrait des œufs ?

— Je ne vois pas ce qu'elle pondrait d'autre que des œufs. Mais si la vache était une poule comme tu dis, elle serait une poule, un point c'est tout.

— Attention ! ce serait une vache qui serait devenue poule, ce n'est pas pareil.

Cette enfant est assommante. Elle en a des démangeaisons, la marraine !

— Dis marraine, si les poules étaient des vaches, elles donneraient du lait ?

— Je ne sais pas, Suzy. Je ne fréquente pas les poules, je ne fréquente pas les vaches et je suis incapable de te dire ce que ferait une vache si elle était poule et je me moque de savoir ce que ferait une pouche si elle était vale... une vouche si elle était pâle... Ah, la barbe ! J'en bafouille ! Tu me fais dire n'importe quoi. Tu m'agaces, Suzy.

« Peste de fille ! Il y a des gifles qui se perdent », pense la marraine. Elle regrette sincèrement d'avoir proposé à la petite une promenade au jardin public.

— Dis marraine, tu donnerais du lait si tu étais une vache ?

— Comment ça si j'étais une vache ?

— Et tu aurais des cornes ?

— Suzy, arrête !

— Et si tu étais une poule, tu pondrais des œufs ?

La pauvre femme se retient de crier. Cette enfant a été bien mal élevée ! On en a fait une petite morveuse qui mériterait d'être corrigée. Elle en dira deux mots à ses parents ce soir même !

— Dis marraine, si tu pouvais choisir, tu voudrais être une poule ou une vache ?

— Ni l'une ni l'autre, Suzy. Et maintenant, je t'en supplie, tais-toi.

— Mais alors si la poule donne les œufs, la vache le lait, qui donne la farine ?

— La farine, c'est le meunier qui la donne.

— Il la donne ou il la pond ?

— Il moud le blé.

— Et qui c'est qui pond le blé ?

C'en est trop. La marraine se mord les doigts pour ne pas hurler.

— Dis marraine, pourquoi tu t'énerves ?

Vlan ! Suzy prend une baffe. Il y a des questions qu'il ne faut jamais poser.

Facteur

Tous les jours je guette le passage du facteur. Il lui arrive parfois de s'arrêter chez les voisins mais jamais devant ma porte.

Voilà des années qu'il n'a rien pour moi. Ma boîte reste vide. Pas un pli, rien !

Alors, j'ai décidé de m'écrire une lettre pour connaître, moi aussi, la joie de recevoir du courrier. Par malchance elle s'est perdue.

C'est d'autant plus regrettable que je m'annonçais des bonnes nouvelles. J'ai bien pensé m'en envoyer une autre mais,

Encre

pour gagner du temps, j'ai préféré me téléphoner.

C'était sans arrêt occupé.

J'ai composé mon numéro plus de cent fois de suite mais j'étais toujours en ligne. J'aurais pu m'appeler aux heures creuses pour augmenter mes chances de me joindre, la nuit par exemple, mais je déteste être réveillé par la sonnerie du téléphone.

Je pense que je vais être obligé de me rendre visite si je veux enfin avoir connaissance des raisons pour lesquelles j'essaie en vain d'entrer en communication avec moi.

Mais là, prudence ! Je vais m'écrire pour me demander un rendez-vous.

Tiers monde

Pierre-Henri rentre de l'école tout excité.

— Maman, la maîtresse veut qu'on lui apporte nos vieux vêtements, elle organise une collecte pour les enfants du tiers monde.

— L'action de Mlle Dupainsec est exemplaire. J'admire son dévouement.

— Moi, je veux tout donner !

— Ne nous précipitons pas, Pierre-Henri. Voyons cela à tête reposée.

Pierre-Henri s'énerve. Il faut toujours que sa mère freine ses enthousiasmes, qu'elle raisonne, qu'elle trouve mille et une bonnes raisons pour imposer ses points de vue. Mais cette fois, il ne s'en laissera pas conter !

— Je te dis que je veux donner mes vieux vêtements !

— Tout d'abord tu n'as pas de vieux vêtements. Tu sais bien que ta garde-robe est renouvelée chaque année.

— Alors je vais donner les neufs.

— J'ai dit pas d'empressement, Pierre-Henri !

— Maman, viens dans ma chambre, on va faire des paquets.

La mère de Pierre-Henri soupire ; cet enfant l'épuise. La journée a été dure : deux heures de tennis le matin avec Marie-Ange, un essayage chez le couturier, un bridge chez sa tante Edmonde. Et maintenant cet enfant qui fait un caprice pour donner ses habits. « Donner, toujours donner et jamais recevoir », songe-t-elle en soupirant à nouveau.

— Tu viens, maman ? Dis, tu viens ?

Pierre-Henri est déjà devant la penderie grande ouverte. Trop lasse pour palabrer, sa mère le rejoint.

— Bon, qu'est-ce que nous donnons ? demande-t-elle en s'obligeant à faire bonne mine.

Pierre-Henri triomphe.

— Nous donnons ça !

— Quoi ? Ton blazer de chez Têtes Blondes ! Pour des pauvres ! Ce serait du gâchis.

Pierre-Henri fait comme s'il n'avait pas entendu.

— Et puis ça !

— Tes mocassins iroquois ? Tu es fou, mon garçon !

— Et encore ça !

Il retire les vêtements du placard avec une belle frénésie, en fait un tas. Sa mère ne soupire plus, elle gémit. Elle laisse échapper des plaintes, comme si on lui arrachait le cœur. Elle lève les yeux au ciel, le prend à témoin de son malheur. Finalement, elle se ressaisit.

— Ecoute mon chéri, je suis d'accord pour faire don de ton manteau vert que nous avons acheté chez Balançoire. Il sera du plus bel effet sur un petit Sénégalais. Le vert et le noir s'accordent bien. Je consens à laisser partir ta tenue de golf de chez Polisson, les petits Cambodgiens la trouveront très drôle... Enfin, je veux bien donner tes caleçons de soie de chez Pot-de-Colle à n'importe qui, à qui tu voudras, mais je refuse catégoriquement de voir partir tes blousons de chez Johnny-Cow-Boy. Ils sont en chevreau, Pierre-Henri. En pur chevreau !

— Mlle Dupainsec dit qu'il ne faut pas être mesquin quand on fait la charité.

L'argument fait mouche. La maman est K.-O. ! Si elle s'obstine à raisonner son fils, elle sait qu'elle passera pour une avare. Ce satané môme dira à qui voudra l'entendre qu'elle l'a empêché de donner ses blousons, et qui sait ce qu'il inventera pour faire l'intéressant. La chose s'ébruitera et l'on dira dans les dîners qu'elle est grippe-sou, égoïste, et méchante ! Alors, elle se rend.

— Bon, tu fais ce que tu veux, tu donnes ce que tu veux et tu finis de me tourmenter avec cette affaire. D'ailleurs je dois te laisser, je suis attendue à l'extérieur.

— Tu t'en vas ?

— Je rejoins ton père dans un cocktail... Ça ne m'amuse pas, tu sais, mais papa tient à ce qu'on nous y voie ensemble.

— Alors je peux tout donner ?

— Garde au moins quelque chose pour t'habiller demain... Allez, à ce soir mon chéri. Maria te fera dîner, nous rentrerons tard.

Elle s'en va.

« A moi la liberté ! » pense Pierre-Henri. Il rassemble des sacs en plastique, les remplit à ras bord. Il y fourre de tout : sa combinaison de plongée, ses bottes de cheval, sa tenue de ski ! Il est ivre de joie quand il pense à tous les heureux qu'il va faire.

Profitant de l'absence de sa mère, il va dans sa chambre et ramasse ce qui lui tombe sous la main : un soutien-gorge, des petites culottes en dentelle, des bas, une chemise de nuit transparente. Tout ça pour les enfants du tiers monde ! « S'ils ne les portent pas, se dit Pierre-Henri, ils les donneront à leur maman ! »

Voilà, le travail est terminé. Il ficelle les sacs, les amoncelle dans l'entrée. Il a chaud !

Cette nuit, c'est certain, il rêvera de solidarité entre les peuples, d'enfants riches et d'enfants pauvres qui se donnent la main dans un élan fraternel.

A propos de main, il pense qu'il a oublié de donner des gants. Sans hésiter, malgré la fatigue, il se met en quête de quelques paires.

Il en veut, Pierre-Henri !

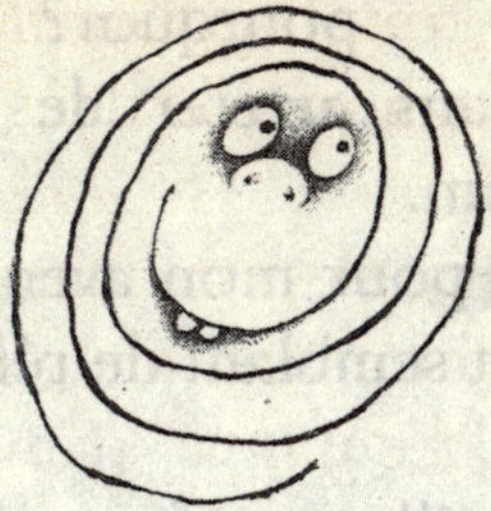

La voyante

Histoire de connaître mon avenir, j'ai consulté une voyante extralucide. J'ai sonné à la porte de Mme Rosa-Longue-Vue, « boule de cristal, marc de café, lignes de la main ».

C'est elle qui a ouvert. Elle avait une tête à faire peur : turban sur le crâne, maquillage multicolore genre film d'horreur, bouche en cul de poule, boucles d'oreilles démesurées. Une vraie caricature. Elle portait un châle frangé qui enveloppait son corps, des épaules aux pieds. Elle m'a prié d'entrer et m'a fait asseoir près d'un guéridon.

— C'est pourquoi ? m'a-t-elle demandé sans arrêter de mâcher son chewing-gum.

— C'est pour mon avenir.

Elle a fait semblant de réfléchir et elle a dit :

— Ce qu'il vous faut, c'est la boule de cristal.

Elle en a sorti une du buffet, l'a posée devant elle et s'est penchée au-dessus. Aussitôt, elle s'est mise à trembler comme un flan au caramel. Enfin, elle s'est écriée :

— Votre avenir, c'est pour bientôt !

Elle est sortie de sa transe caramélisée et a remis la boule de cristal à sa place.

— Bon, a-t-elle dit, vous me devez cinq cents francs. Et je vous préviens, je n'accepte ni chèque ni carte de crédit.

J'ai trouvé qu'elle y allait un peu fort et je n'ai pas manqué de le lui faire savoir :

— Non mais ça va pas la tête ? Cinq cents francs pour rien, il faut pas y compter ! Je vais vous dénoncer à une association de consommateurs !

Là, elle a fait une drôle de tête. Elle

est devenue toute gentille, elle m'a proposé de revoir mon cas avec plus d'attention et m'a demandé si j'étais d'accord pour qu'elle lise la suite de mon avenir dans le marc de café.

— Va pour le marc de café ! j'ai dit.

Elle a récupéré dans la poubelle un vieux filtre qu'elle a vidé directement sur le guéridon, elle s'est encore penchée au-dessus et elle s'est remise à trembler comme le même flan que précédemment.

— Je vois... Je vois... Je vois... de la chicorée dans ce café ! s'est-elle égosillée.

Revenue à elle, elle a ajouté, péremptoire :

— Ça fait cinq cents francs !

Trop c'est trop. Je suis gentil jusqu'à un certain point. Au-delà, je deviens méchant. Alors j'ai décidé de la faire disparaître. Sur-le-champ, là, chez elle. C'est sans difficulté de faire disparaître les gens quand on est magicien. J'ai pensé très fort la formule et hop ! plus de voyante. Escamotée, Mme Rosa-Longue-Vue.

Quand je pense qu'elle se disait voyante extralucide et qu'elle n'a même pas vu venir ce qui lui est arrivé, je rigole.

Quand la ferai-je réapparaître ? Je ne sais pas. Peut-être la semaine prochaine, peut-être plus tard. Rien ne presse. Elle est très bien où elle est. Ne me demandez pas où ça se trouve.

C'est mon secret.

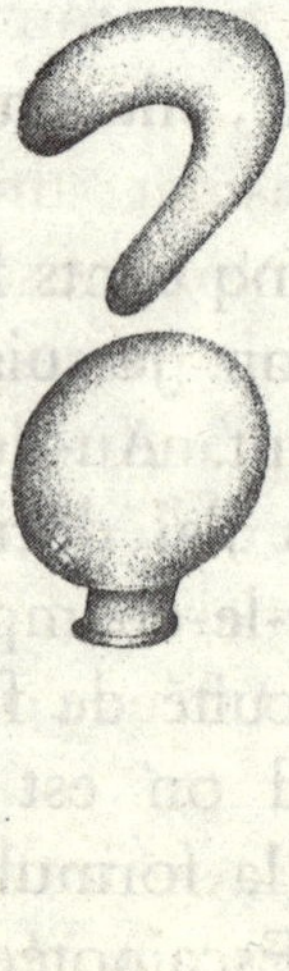

Le pot de colle épidémique

On ne sait pas d'où ça vient ni comment c'est venu. C'est un phénomène étrange, un peu comme une maladie bien que ce n'en soit pas une. C'est un mal qui se transmet ; une épidémie, en quelque sorte. Non, pas une épidémie... Enfin, on ne sait pas comment appeler cela. Voilà : quand on touche quelqu'un, on reste collé à lui. Il est impossible de s'en séparer.

Quand on est deux collés ensemble, il ne faut surtout pas toucher une autre personne, sinon on forme un trio inséparable. Et si on n'a pas été présenté, il y a de la gêne dans l'air.

Lorsque dix personnes entrent dans un ascenseur elles forment, au moment de sortir, un paquet de gens étroitement soudés. Chacun tire de son côté pour se décoller, mais rien n'y fait. Si par malheur un autre paquet de gens quitte l'ascenseur d'à côté et frôle les premiers, tout le monde s'amalgame et le couloir est obstrué !

Bien sûr chacun s'efforce de se tenir à distance mais il en est qui font exprès de se jeter sur vous, par jeu. On peut difficilement se mettre à l'abri de ces fous.

On s'en doute, la vie est devenue pénible.

Les cinémas sont pleins de spectateurs soudés les uns aux autres qui essaient en vain de franchir les portes.

C'est la même chose dans les autobus, dans le métro où des masses de malheureux piétinent sur place, épuisés par les efforts surhumains qu'ils déploient pour se séparer, certains depuis des mois.

Tous les lieux publics sont une menace. Tout attroupement peut être lourd de conséquences.

On ne sait pas quoi faire pour remédier au mal. La médecine dit ne pas être concernée, le gouvernement se déclare incompétent. A moins que ce ne soit l'inverse, je ne sais plus.

Une seule planche de salut : la prévention. Il faut s'enfermer chez soi, ne pas recevoir d'amis, ne serrer la main à personne et surtout, oh ! oui surtout, ne plus danser le tango.

Moi, depuis quinze jours, je suis collé à ma voisine Lulu-Ventouse.

Elle m'a déjà raconté sa vie une centaine de fois.

Je suis sur le point de craquer.

Dialogue pour jouer

— Tu veux jouer avec moi, Gigi-Crevette ?

— D'accord. On joue à quoi, Nono-Gros-Bras ?

— On joue à Dieu. Je serais Dieu et toi tu serais quelqu'un sur la terre.

— Pourquoi ce serait toi, Dieu ? C'est moi qui veux être Dieu !

— Tu peux pas être Dieu, t'as pas encore fait ta communion.

— Toi non plus, Nono-Gros-Bras !

— De toute façon tu peux pas être Dieu puisque tu es une fille.

— Et pourquoi Dieu serait pas une fille, hein ? Je te le demande !

— D'accord, on va pas se disputer... Disons qu'on serait Dieu tous les deux.

— Impossible ! Dieu, Il est tout seul !

— Ecoute Gigi-Crevette, tu cherches toujours des histoires. Y'en a marre.

— C'est toi qui veux me rouler dans la farine !

— Alors, disons que tu serais la femme de Dieu.

— T'es bien sûr qu'Il est marié, Dieu ?

— J'en sais rien mais on dit qu'Il l'est !

— Mettons qu'Il le soit ! Elle s'appelle comment la femme de Dieu ?

— J'en sais rien, moi !

— Si t'en sais rien c'est que Dieu, Il a pas de femme et moi, je veux pas être une femme qui n'existe pas.

— Oui... bon, on ferait mieux de jouer.

— D'accord, mais je serais pas la femme de Dieu !

— Disons que tu serais sa bonne. Moi je serais Dieu et toi tu serais ma bonne ! Ça te va ?

— A condition que j'aie une cuisine

moderne avec plein de placards et un lave-vaisselle.

— Promis ! On dirait que tu aurais une belle cuisine, que je serais Dieu et que tu me préparerais de bons petits plats. Ça te plaît, Gigi-Crevette ?

— A condition qu'on change dans un moment. C'est toi qui serais ma bonne et moi je serais Dieu.

— Ça va pas la tête ! Moi la bonne ? C'est impossible, je suis un garçon.

— Alors tu serais mon chauffeur.

— Impossible, ma vieille ! J'ai pas mon permis !

— Puisque c'est comme ça je ne joue pas à Dieu et puis j'en ai ras la casquette, c'est toujours toi qui commandes. Je vais le dire à ma mère !

— Si tu le dis à ta mère, je te donne des coups de pied !

— Si tu me donnes des coups de pied je te fais casser la figure par mon grand frère !

— Si ton grand frère m'embête, mon père lui écrase la tête !

— Si ton père fait ça, mon père le tue !

— Bon... on fait la paix ?... Dis, Gigi-Crevette, on joue à Dieu ou on joue pas ?

— Non, on joue à la Sainte-Vierge !

— (*A voix basse, pour lui-même*) Doux Jésus, on y est encore pour des heures !

Riton-La-Malice

Riton-La-Malice, journaliste au *Petit Echo de Nulle Part*, arrache la bande de papier qui vient de jaillir du téléscripteur, la lit attentivement.

Il apprend avec stupeur que l'immeuble du journal est en feu ; les secours sont déjà sur place, les victimes se comptent par dizaines et le préfet de région est sur le lieu du sinistre pour coordonner personnellement les opérations d'évacuation.

— Tiens, il y aurait donc le feu à la maison, se dit-il.

Et il fait ce que tout journaliste doit faire quand il reçoit une information : il la vérifie. Il va à la fenêtre, se penche.

Il n'en croit pas ses yeux.

La rue grouille de pompiers. Au moins trois casernes. Des flammes s'échappent des issues de l'immeuble, lèchent la façade. Les grandes échelles sont déployées. Une bonne vingtaine de lances sont en action.

Pour un bel incendie, c'est un bel incendie.

Riton-La-Malice revient à sa table et relit la dépêche. Il découvre, soulagé, son nom dans la liste des rescapés.

Heureux d'apprendre qu'il s'en tirera finalement à bon compte, il va fermer la fenêtre et reprend la rédaction de sa chronique hebdomadaire intitulée : « Le temps qu'il faisait hier ».

Gégé-La-Mauvaise-Tête

La maîtresse, Mlle Tresse-en-Rond — une vieille chipie que les élèves détestent — accuse ce pauvre Gégé-La-Flemme d'avoir une tête de cochon. Sitôt rentré chez lui, le malheureux se précipite devant une glace pour vérifier. Et qu'est-ce qu'il voit ? Il voit une tête de cochon !

Bien sûr cette affaire le trouble. Elle l'a appelé « Tête de cochon » et le voilà avec une tête de cochon. Si elle l'avait appelé « Tête d'ange », aurait-il maintenant une tête d'ange sur les épaules ? Alors Gégé-La-Flemme se prend à rêver... Si on lui avait dit : « Tu as une tête d'oiseau », peut-être pourrait-il voler ? Avec une tête d'œuf, il serait battu comme une omelette mais ça ne l'enchante pas. Avec une tête de bandit il oserait attaquer son blanc de poulet à main armée, avec une tête mise à prix il se ferait de l'argent de poche, et avec une tête d'épingle il piquerait dans le porte-monnaie de sa mère. Une tête à gifles lui vaudrait sans doute quelques marques de doigts sur les joues et une tête d'enterrement lui interdirait d'aller au prochain mariage de sa cousine Zaza.

Finalement Gégé-La-Flemme se dit qu'il préfère garder sa tête de cochon, que c'est mieux comme ça, parce qu'il aime bien les animaux et que ça ne lui va pas mal, que ça lui donne belle allure. Les cochons sont sympathiques, plus sympathiques que les mules. Quelle horreur s'il avait une tête de mule ! Et puis, quand on a une tête de cochon, c'est génial : plus la peine de se laver les oreilles ni le groin, plus la peine de manger proprement ! Et ça, c'est le rêve.

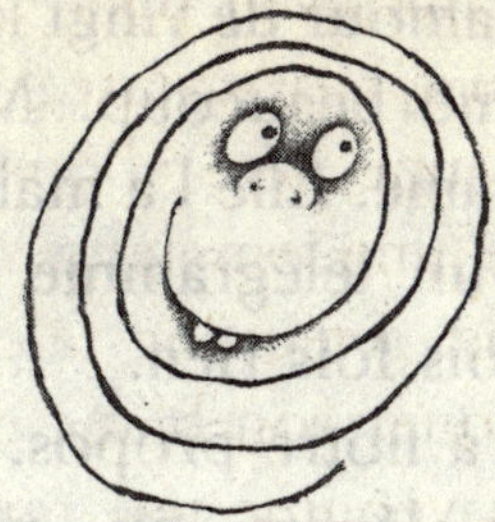

Poids des mots

J'entends parler ici ou là du poids des mots. C'est quoi le poids des mots ? Cinq cents grammes ? Un kilo ? Sans compter que les mots n'ont pas tous le même poids. Il existe des mots lourds comme CAMION ou INDIGESTION et des mots légers comme *DUVET* ou *SOUPIR*. Toutefois, les notions de lourdeur et de légèreté demeurent floues. *FLOU*, justement, est un mot léger.

Hier j'ai écrit une lettre qui devait bien peser vingt kilos. J'avais dû mal choisir mes mots... Il aurait fallu alléger. D'autant que c'était une lettre d'amour.

Une lettre d'amour de vingt kilos, ça fait tout de même beaucoup. Même pour une grosse dame. Elle l'a mal pris et elle m'a envoyé un télégramme de rupture qui pesait trois fois rien.

Revenons à notre propos.

Les mots légers ou réputés tels peuvent être lourds. Lourds de conséquences. Là, une question mérite d'être posée : un mot léger mais lourd de conséquences pèse-t-il plus qu'un mot lourd aux conséquences légères ? Sur ce point chacun a son idée. J'ai la mienne : je pense qu'un mot lourd, comme LOURD pour ne pas aller chercher plus loin, a souvent moins de poids qu'un mot léger. Me fais-je bien comprendre ?

Mais alors, comment peser ses mots ? Faut-il seulement les peser ou bien les mesurer comme l'affirment certains ? Ici est le nœud de l'affaire ! Les mots se mesurent-ils ou se pèsent-ils ? Le poids des mots se mesure-t-il en mètres ? Pourquoi pas en litres, tant que nous y sommes !

Lorsqu'un problème se complique le mieux est d'être clair.

Un mot, ça pèse quoi et ça mesure combien ? Je suis tenté de penser que ce n'est ni bien lourd ni bien long. De toute façon, quelques mots ne feront jamais pencher la balance. Il y aurait d'ailleurs beaucoup à dire sur les balances, notamment sur leur poids. C'est un vaste sujet, le poids des balances !

Bon, finissons-en !

Le poids des mots, c'est quoi finalement ?

Ces quelques lignes, par exemple ? vingt-trois centimètres ? deux kilos ?

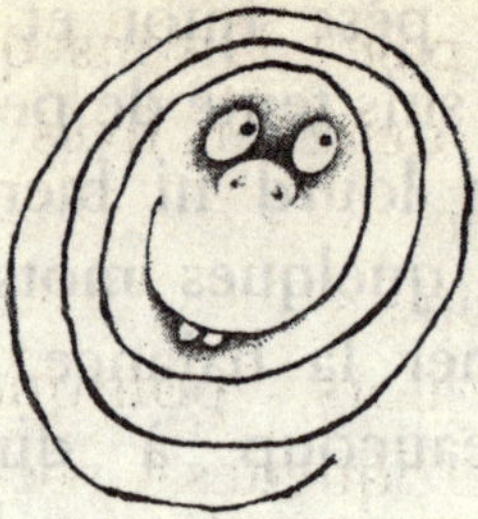

Amis des animaux, bonjour !

— Maman chérie !

— Oui, ma petite Marie-Bénédicte.

— Quand nous ferons un voyage avec notre belle automobile dans ces pays pauvres où les chats sont squelettiques, nous devrions emporter des boîtes de pâtée Beauminou. Ils seraient contents.

— C'est une excellente idée. Tu as bon cœur, ma chérie.

— Nous en prendrons un carton plein.

— Je te mets en garde, Marie-Bénédicte : Beauminou est cher. Cinquante pour cent lapin, cinquante pour cent lièvre, ça se paie ! Disons que nous en emporterons deux ou trois boîtes pour te faire plaisir.

— Ah, non !

— Mais alors, pourquoi ne pas prendre les croquettes Croc-Miaou que notre adorable Pussy refuse depuis qu'il a goûté à Beauminou ? Il nous en reste cinq paquets.

— Très bonne idée, maman ! Je saute de joie en songeant que nous allons faire beaucoup d'heureux.

— Tu as raison, ils vont être fous de joie ces pauvres chats squelettiques.

— Il leur faudrait aussi du produit contre les puces. Ils doivent en être infestés.

— Tu n'y penses pas, Marie-Bénédicte ! Les puces sont des créatures de Dieu, nous devons les laisser en paix.

— Tu dis vrai, maman chérie. Les puces ont le droit de vivre, elles aussi.

— Surtout dans ces pays-là.

— J'y pense, les chiens sont aussi affamés que les chats dans ces pays pauvres que nous visiterons avec notre belle automobile...

— Je t'arrête, Marie-Bénédicte. Nous nous occuperons des chats, que d'autres s'occupent des chiens ! A chacun ses pauvres. Nous ne pouvons soulager à nous seules toute la misère du monde.

— (*A voix basse, pour elle-même*) Je cacherai une dizaine de biftecks sous ma jupe plissée et je les donnerai à qui il me plaira.

— Tu marmonnes, Marie-Bénédicte ?

— Non, maman chérie. Je dis une petite prière pour tous ces malheureux animaux.

Hauts et bas

Dans la vie, il arrive qu'on ait des hauts et des bas. Parfois on est en haut, parfois on est en bas, ça dépend des jours.

Zézette, elle, a des bas. Des beaux bas nylon qu'elle porte haut. Quand on lui dit :

— Oh ! Regarde !

Elle répond :

— Bah ! J'en ai vu d'autres !

Zézette, elle est toute en « Oh ! » et toute en « Bah ! ». Ça va un moment et puis ça lasse. Finalement, elle n'est pas intéressante.

Moi aussi j'ai des bas et des hauts. Surtout des bas. Et c'est quand j'ai des bas que ma copine Kiki-La-Sardine a des hauts. Rien que pour me contrarier, c'est sûr ! D'ailleurs Kiki-La-Sardine n'a jamais de bas, même pas une paire. Kiki-La-Sardine, elle n'a que des chaussettes trouées. Trouées en haut, trouées en bas ! Une catastrophe !

J'ai une autre amie : Rita-Tampon. Celle-là, elle a des baobabs. Des baobabs plein son chapeau. C'est une originale. Elle a des baobabs hauts et des baobabs bas.

La sœur de Rita-Tampon s'appelle Nini-Qui-Rit. C'est une joueuse. Quand on lui dit :

— Haut les mains !

Elle répond :

— Bas les pattes !

Avec elle, je me marre.

La cousine de Nini-Qui-Rit, c'est Gégé-Pied-de-Poule. Je ne l'aime pas. Quand je la regarde de haut, elle me met plus bas que terre.

La tante de Gégé-Pied-de-Poule, c'est Poussette. Elle parle tout bas.

Quand je lui dis des gros mots, elle le prend de haut ! Une vraie peste !

Yoyo-Tyrolienne, c'est ma préférée. Elle n'a ni hauts ni bas, seulement un juste milieu. Toujours égale à elle-même. D'ailleurs, elle m'aime ! Moi aussi je m'aime. Elle le sait mais elle n'est pas jalouse.

Yoyo-Tyrolienne, elle a des os, rien que des os. Elle est toute maigre, tellement maigre que ses jambes sont au large dans ses bas.

Moi, je l'ai déjà dit, j'ai mes hauts et mes bas. Comme tout le monde. Mais je n'ai pas envie de m'étendre sur le sujet. Ma vie privée ne regarde personne. Ni les voisins du bas, ni les voisins du haut.

Tiens, ça me fait penser que la voisine du haut a filé ses bas.

Joconde

« Je suis la Joconde, la vraie, celle du tableau. Vous savez bien, celle qui sourit du matin au soir. Ça me fatigue de sourire mais si j'arrêtais je perdrais mon emploi. Comment trouver un autre travail à mon âge ? J'en ai les muscles du visage endoloris. Mes zygomatiques sont noués depuis le temps que je me fends la poire.

Toute la journée je vois passer des gens. Hommes, femmes, enfants, militaires, ecclésiastiques... C'est un défilé permanent. Ils ont l'air sérieux, on devine qu'ils ne sont pas là pour se marrer. Je les envie.

Ils s'immobilisent devant moi et ils me dévisagent avec des airs de connaisseurs. Je dois faire comme si de rien n'était. Sourire figé, regard fixe, je ne bronche pas. Certains font de ces têtes ! Mais de ces têtes ! Hier j'ai failli avoir le fou rire tellement ils étaient tristes. Je ne sais pas comment je me suis retenue. Il s'en est fallu de peu.

Un jour, je me rappelle, c'est bel et bien arrivé. Heureusement il y a eu un temps mort entre le passage de deux groupes ; j'en ai profité pour me laisser aller. J'ai ri ! Mais j'ai ri ! C'est simple, j'en ai fait pipi dans ma culotte. J'ai mouillé jusqu'au cadre. Par bonheur le gardien ne s'est aperçu de rien, sinon il aurait fait un rapport. Je risquais ma place.

Le soir, quand on ferme le musée, bien que je n'en aie pas le droit, je m'accorde du délassement. Je me renfrogne et je fais la moue. Vous verriez ma tête ! Ça me fait un bien fou. Hélas ! je ne peux pas faire durer. C'est que

nous sommes très surveillés. Les gens imaginent que les caméras installées aux angles des galeries sont là pour observer les visiteurs. Pas du tout ! Elles sont là pour nous espionner, nous ! On veut savoir si nous gardons correctement la pose, si nous ne quittons pas nos toiles pour nous dégourdir les jambes, si nous ne faisons pas la causette d'un mur à l'autre.

Il est vrai qu'avant la mise en place des caméras, trois statues avaient quitté leur socle. Personne ne sait où elles sont passées. On murmure qu'elles travaillent au noir dans une galerie d'art clandestine.

En tout cas, elles ont réussi leur évasion.

Pour moi c'est sans espoir. Je suis condamnée à sourire. Sourire sans relâche même lorsque l'actualité n'est pas rose. C'est dur.

Je me rappelle : le jour où Léonard de Vinci est mort, j'étais la seule dans son entourage à avoir l'air de trouver ça drôle.

Ça faisait désordre. »

*

— Dis maman, pourquoi elle tord la bouche la dame ?

— Parle plus bas, Charles-Antoine. Tu n'es pas en cour de récréation.

— Dis, pourquoi elle tord la bouche la dame ?

— Tout d'abord il ne s'agit pas de n'importe quelle dame mais de la Joconde, ensuite elle ne tord pas la bouche, elle sourit.

— Pourquoi elle sourit ?

— Sans doute parce qu'elle est heureuse.

— Et pourquoi elle est heureuse ?

— Parce qu'elle pose pour un grand peintre, j'imagine.

— Il lui raconte des histoires rigolotes ?

— Charles-Antoine, tu me fais honte. Et puis arrête de mettre tes doigts dans ton nez, c'est dégoûtant.

— En tout cas elle est moche !

— Charles-Antoine, tu ne l'as pas bien examinée. Son visage irradie le bonheur, un peu comme si une flamme intérieure brûlait en elle. Tu comprends cela, mon chéri ?

— C'est pas vrai, y'a pas de flamme.

— Charles-Antoine, tes doigts ! Je ne vais pas le répéter.

— Elle a l'air bête.

— Non, elle est tout au plus nostalgique. C'est cela, elle est lumineuse et nostalgique.

— Elle est bête !

— Chut ! Tu veux donc attirer l'attention sur nous ?

— Maman ! Maman, regarde ! On dirait qu'elle va rire pour de vrai.

— Arrête de sauter comme un ouistiti.

— Je vais lui tirer la langue.

— Viens, tu es insupportable !

— Restons, je veux la toucher.

— Malheureux ! On ne touche pas la Joconde.

— C'est interdit ?

— C'est interdit.

— Et toi, pourquoi tu souris jamais, maman ?

— Je souris, Charles-Antoine.

— Ce n'est pas vrai, tu ne souris jamais. C'est parce que tu ne poses pas pour un grand peintre ?

— C'est parce que tu m'assommes !

— Maman, regarde ! On dirait qu'elle va éclater de rire.

— Charles-Antoine, cela suffit ! Allons voir les antiquités égyptiennes.

— *(A voix basse, pour lui-même)* Vivement ce soir qu'on se couche !

Les pieds dans le plat

Il est furieux, Gégé-La-Flemme ! Ce matin la maîtresse a regardé son cahier de devoirs et elle a dit : « Mon pauvre Gégé, tu pédales complètement dans la semoule. » D'abord, on doit pas dire la semoule, on doit dire le couscous. Non mais, quelle abrutie cette maîtresse ! Alors, comme ça, il pédalerait dans le couscous, lui, Gégé ? Pour qui elle le prend ? Quand il est sur un vélo, il ne pédale pas, Gégé ! Il sprinte. Parfaitement, il sprinte. Parce qu'il n'est pas une mauviette. Elle n'avait qu'à dire : « Tu sprintes dans le couscous », ç'aurait été plus proche de la vérité, mais ça n'aurait pas été suffisant, parce que Gégé, quand il sprinte, il gagne. Il aurait donc aimé entendre : « Mon brave Gégé, tu gagnes dans le couscous », oui mais voilà, la maîtresse fait rien que lui envoyer des piques. Et elle, elle pédale dans quoi ? Dans la purée ou dans le miroton ? D'ailleurs, elle ne doit même pas pédaler. Elle prend les descentes et elle se laisse aller. Quelle misère ! Oui, il est vraiment furieux Gégé, et un jour il mettra les pieds dans le plat, et ensuite il marchera partout, et il y aura du couscous sur le plancher et alors la maîtresse aura intérêt à s'accrocher au guidon pour pas déraper. Et si jamais elle tombe, faudra pas qu'elle compte sur lui pour la remettre en selle.

La machine à gondoler

Ecoute l'ami : quand tu sortiras tu regarderas bien autour de toi et tu en verras sûrement un. Il y en a partout. Ce sont des appareils qui ont la taille des distributeurs de tickets de stationnement mais là, tu n'as pas le sentiment de perdre ton argent. Tu glisses un franc dans la fente et un haut-parleur t'envoie des applaudissements. Tu reçois une ovation. C'est un véritable triomphe. Toi, tu es sur le bord du trottoir, drôlement content. Tu salues comme un artiste, tu envoies des baisers à ce public invisible qui claque des mains à tout rompre. C'est la fête !

Ça dure une minute et puis ça s'arrête. Si tu en veux encore, tu glisses à nouveau un franc.

Si tu n'as pas de monnaie tu peux attendre que quelqu'un mette une pièce et tu vas te poser à côté de lui dès que tu entends les premiers bravos.

Je te le dis, tout cela est très sympathique.

Mais ce n'est pas tout. Un autre type d'appareil fleurit depuis quelque temps dans les rues. Avec celui-là, c'est formidable : tu mets deux francs dans la fente et tu te marres. Deux francs c'est une somme, mais crois-moi, tu ne dois pas hésiter. Tu te marres comme un bossu. Je ne sais pas comment cela s'explique, mais ce qui est sûr, c'est que ça marche. Tu en as pour tes sous ! Tu en as mal aux côtes tellement tu ris. Tu te fends la pêche comme un âne, tu es plié en deux, tu en perds le souffle.

Là encore, ça dure une minute et puis ça s'arrête. Tout d'un coup tu ne ris plus. Si tu veux encore te marrer, tu remets deux francs.

Les rues sont pleines de gens qui

rigolent et de gens qui se font applaudir. Ça met de la gaieté en ville. On en a bien besoin, tu sais.

Mais attention, il y a encore mieux. Je veux parler de l'appareil qui te fait l'air moins couillon. Extérieurement il ressemble aux deux autres, mais crois-moi l'ami, le mécanisme doit être autrement complexe.

Là, tu envoies cinq francs dans la fente. Ah, oui ! cinq francs c'est beaucoup mais la dépense est justifiée.

Donc tu envoies cinq francs et aussitôt tu as l'air plus intelligent. Et je ne connais personne sur qui ça n'ait pas eu d'effet.

Ecoute l'ami, j'ai essayé les trois appareils. Je me suis fait applaudir : c'était agréable mais bon, ça va un moment. On se lasse vite.

Je suis allé me faire rire : c'était impeccable, mais en y réfléchissant bien on a tout de même l'air un peu tarte quand on se fend la poire sans comprendre pourquoi.

Enfin, j'ai mis de l'argent dans le troisième et tout de suite j'ai eu l'air moins couillon. Beaucoup moins couillon. D'ailleurs je crois que je le suis moins.

Maintenant, j'y vais tous les jours. Je fais une cure. Je m'améliore de façon spectaculaire. C'est simple, mes amis ne me reconnaissent plus. Moi-même j'ai du mal à croire que c'est bien moi !

Voilà ce que j'avais à te dire, l'ami. Et si tu ne me crois pas, va te faire applaudir. Un franc, ce n'est pas ruineux.

Gino-Passe-Partout

Gino-Passe-Partout possède un trousseau de clés qui lui sont utiles toute la journée.

Le matin, il commence avec la clé à ouvrir l'œil. Un tour pour l'œil gauche, un tour pour l'œil droit, et le voilà réveillé. Lorsqu'il doit s'arracher à un sommeil profond, deux tours pour chaque œil sont nécessaires.

Après le réveil, il se sert de la clé qui ouvre l'appétit. Une fois son appétit ouvert, il déjeune copieusement : café au lait, bananes et pudding.

Lorsqu'il quitte l'appartement pour aller à l'école, il se sert, comme tout le monde, de la clé qui ouvre et referme la porte.

Sur le trajet, pour se frayer un passage dans la foule, la clé qui ouvre un chemin est d'un grand secours.

Arrivé en classe, Gino-Passe-Partout sort de sa poche la clé qui va lui ouvrir l'esprit. Il a besoin d'elle pour se mettre au travail. Si par malchance il est à court d'idées, il a recours à celle qui ouvre des horizons. Là, tout s'éclaire.

Il utilise plus rarement la clé à ouvrir son cœur. Sans doute est-il trop timide. Il en use seulement quand il est amoureux. Mais quand il s'en sert, il s'en sert ! Son cœur, il l'ouvre tout grand.

Il est une clé dont il fait grand emploi, c'est celle qui ouvre le feu. Celle-là, il l'adore ! C'est sa préférée. Il l'a presque tout le temps à la main. Si quelqu'un l'importune il donne trois tours de clé. Pan ! Pan ! Pan ! Le gêneur est liquidé en un rien de temps.

Il gît au sol, le front percé de trois trous de serrure.

Il manque quelques pièces au trousseau de Gino-Passe-Partout, notamment la clé à ouvrir la parenthèse et celle, plus rare, à fermer les guillemets. Il aimerait se les offrir mais il hésite car il ne se sert pour ainsi dire jamais des guillemets, et il fait un usage modéré des parenthèses. Il craint que la dépense ne soit pas justifiée.

En vérité, sa seule ambition est d'acheter un jour à Saint-Pierre les clés du paradis. Alors, il fait des économies. Il entasse de l'argent dans sa tirelire.

Une tirelire dont il a perdu hier la clé.

Inutile de vous dire dans quel état il est, ce pauvre Gino-Passe-Partout !

L'aspirateur

Le médecin me fait entrer dans son cabinet, m'invite à m'asseoir.

— Alors ? demande-t-il en me regardant par-dessus ses lunettes cerclées.

— Voilà docteur, depuis une semaine Léopold n'avale plus rien.

Je désigne l'aspirateur que je tiens sur mes genoux. (J'ai appelé mon aspirateur Léopold, en souvenir d'un grand-oncle.)

— Même pas une miette ?

— Non, docteur. Pas une miette.

Il se prend la tête dans les mains,

réfléchit un moment. Le cas paraît lui poser un problème et son hésitation renforce mon inquiétude. Je crains que Léopold ne couve quelque chose de grave.

— Eh bien je vais l'ausculter, finit-il par dire.

Il prend l'aspirateur, le dépose sur le bureau et colle son stéthoscope près du moteur. Ensuite il lui demande de tousser et termine par un examen de l'orifice. L'attente du diagnostic me semble interminable.

Enfin il va se rasseoir. Je prends Léopold dans mes bras.

— Je pense qu'il va falloir ouvrir, dit le médecin avec gravité.

Je pâlis. Ouvrir ? Il y va fort ! Conscient de mon trouble, il s'efforce de me rassurer :

— Bien sûr, nous ferons une anesthésie. Il ne sentira rien.

Je balbutie :

— Est-ce bien nécessaire ?

— Il le faut.

— Alors vous allez ouvrir ?

Il me regarde, étonné, et demande :

— Pourquoi irais-je ouvrir ? Quelqu'un a sonné ? C'est étrange, je n'ai rien entendu.

Et il rit de sa plaisanterie.

Son humour me rassure. Un médecin aussi drôle ne peut pas être totalement mauvais. Je me détends un peu.

— Pour en revenir à l'aspirateur, reprend-il, c'est, à n'en pas douter, une affaire de filtre. Un encrassement, sans doute. Peut-être une obstruction.

Je demande s'il ne serait pas possible de déboucher par les voies naturelles afin d'éviter l'intervention chirurgicale.

— Je ne peux pas vous répondre, cher monsieur. Tout dépend du degré d'encrassement. Je vais l'hospitaliser pour des examens.

Je me rends à ses raisons.

Léopold a été admis hier à l'hôpital. Demain je saurai si on ouvre ou si on n'ouvre pas. En attendant, je vis dans l'angoisse.

J'envie les gens qui n'ont qu'un balai. Ils se plaignent mais ils ne connaissent pas leur bonheur.

Cosmonaute

Mon père voulait que je sois cosmonaute. J'ai suivi son conseil. Il n'y a pas de sot métier.

Après des années d'entraînement pendant lesquelles j'ai appris à nager la brasse dans un caisson sous vide et à faire le saut périlleux sous l'eau, j'étais prêt à affronter le cosmos.

Un jour, alors que je triais des lentilles en buvant de l'anisette, mon téléphone a sonné : on me réclamait au centre de lancement des capsules spatiales. Mon tour était enfin venu. Imaginez ma fierté !

J'ai tenu une conférence de presse qui a bien fait rigoler tout le monde, surtout quand j'ai donné la recette des cuisses de grenouille au beaujolais. Ensuite je me suis rendu au pied de la fusée porteuse et on m'a hissé jusqu'à la capsule où je me suis enfermé à double tour. Je m'étais muni pour le voyage de quelques bouquins et d'un jeu de mikado.

La mise à feu s'est passée sans problème, ainsi que la mise sur orbite. Seule ma mise en plis m'a causé quelques tracas.

C'est après mon départ que les choses se sont gâtées. Il y a eu la guerre, en bas ! Le grand jeu : disputes, tension entre le Nord et le Sud, mouvements de troupes, bombes au napalm, gaz asphyxiants, bombes atomiques et pétards à neutrons. La terre à feu et à sang, en moins de temps qu'il n'en faut pour le dire !

L'ennui, c'est que le contact a été rompu entre la planète et moi. J'ai l'impression qu'on m'a oublié. Je me demande même s'il y a des survivants.

D'ailleurs je ne suis pas seul à avoir été abandonné. Hier, une capsule soviétique m'a dépassé. En me doublant, le cosmonaute russe m'a fait un bras d'honneur. La vache ! Si je parviens à le rattraper, je lui tire la langue. Je crois qu'on ne va pas s'ennuyer ! La course a des chances d'être palpitante, vu que j'ai aperçu dans mon rétroviseur une autre capsule, américaine celle-là, qui tentait de me remonter à la corde.

Ce qu'il faut, c'est empêcher le Russe de garder la tête. Je vais essayer de le passer dans la prochaine ligne droite. A mon avis, l'Américain va perdre du terrain. Son engin est de fabrication ancienne. Si on le force il explose !

Je vais tout faire pour mener le peloton et franchir le premier la ligne d'arrivée.

Je serais tellement fier de donner à la France une victoire inespérée.

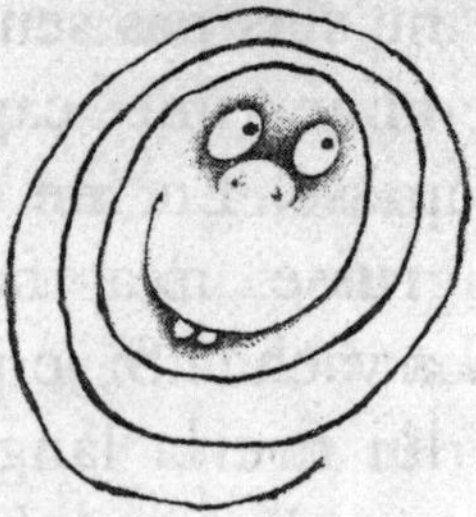

Mademoiselle Tresse-en-Rond

La maîtresse, Mlle Tresse-en-Rond, interpelle Gégé-La-Flemme.

— Dis donc Gégé, pourquoi n'as-tu pas fait tes devoirs du soir ?

Gégé en reste comme deux ronds de flan. Sans même regarder son cahier, elle sait qu'il n'a pas travaillé !

« C'est une sorcière », pense-t-il.

— Alors Gégé ? Je t'ai posé une question.

— Mais... heu... je les ai faits, mademoiselle.

— Menteur, tu n'as rien fait, c'est mon petit doigt qui me l'a dit.

« Son petit doigt ? Voilà bien la meilleure ! Elle est vraiment tarte », se dit Gégé-La-Flemme.

— Mademoiselle, c'est impossible. Un petit doigt ne parle pas.

— Vraiment ? Viens près de moi, viens écouter le mien.

Tous les mômes sont bouche bée. Si une mouche décollait, on l'entendrait voler.

A peine Gégé-La-Flemme est-il arrivé devant le bureau de Mlle Tresse-en-Rond qu'elle l'attrape par les cheveux et lui enfonce son auriculaire dans l'oreille.

— Alors, hurle-t-elle, il ne parle pas ?

Gégé se dit qu'elle est complètement loufdingue et que si elle continue, elle va lui crever le tympan.

— Hé bien, qu'est-ce qu'il dit ? Hein, Gégé ? Qu'est-ce qu'il dit ?

— Il dit rien, mademoiselle, il dit rien du tout.

La maîtresse enfonce son petit doigt de plus belle ; Gégé pense qu'elle va y passer la main.

— Alors, toujours rien ? Raconte à tes camarades ce qu'il dit !

Gégé-La-Flemme n'en peut plus. Si ça continue elle va lui arracher les cheveux et lui défoncer l'oreille. Il doit céder.

— Voilà, je crois bien que je l'entends... Oui, je l'entends !

Mlle Tresse-en-Rond ricane de plaisir.

— Dis-nous ce qu'il raconte ! braille-t-elle en roulant des yeux de folle.

— J'y comprends rien, il parle étranger.

— Comment ça, étranger ?

— On dirait du chinois ou peut-être du japonais.

La maîtresse lâche enfin la tignasse de Gégé et retire son doigt. Elle l'examine puis elle l'enfonce dans sa propre oreille. Immobile, les yeux au ciel, elle écoute attentivement. Ça dure bien cinq minutes. La classe est figée. Gégé se dit que la pauvre femme a sûrement une araignée au plafond.

Enfin, elle rompt le silence.

— Ce n'est ni du chinois ni du japonais. C'est du javanais, pauvre crétin.

Gégé retourne s'asseoir sans demander son reste.

— Quelqu'un veut écouter mon petit doigt causer javanais ? demande Mlle Tresse-en-Rond.

Elle pointe son auriculaire menaçant vers les élèves qui baissent les yeux.

— Personne ? Vraiment personne ?

Alors, dans le silence de la classe, monte une petite voix. Une toute petite voix qui arrive de dessous l'ongle de l'auriculaire de la maîtresse, mais personne ne comprend parce que ça ressemble à du chinois, peut-être à du japonais, et Mlle Tresse-en-Rond, la main en l'air, soudain radieuse, passe dans les rangs pour que chacun entende bien. Et elle est tellement heureuse qu'elle fait quelques pas de danse, elle virevolte, elle est légère. Maintenant son petit doigt fait entendre un chant, quelque chose de mélodieux et d'aérien, tellement aérien que Mlle Tresse-en-Rond fait des sauts de danseuse étoile au-dessus des bureaux, et finit par s'envoler par la fenêtre sous les regards médusés de ses vingt-cinq élèves.

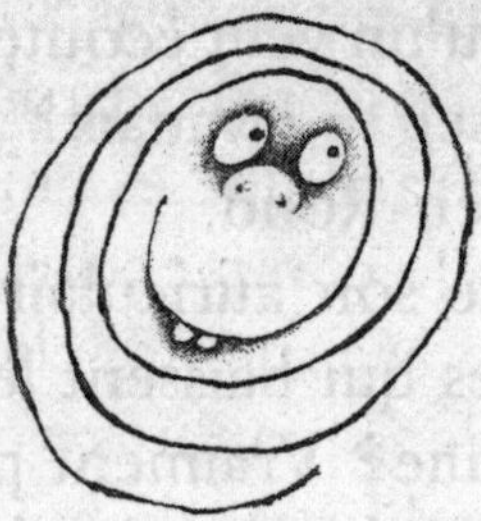

La Tartine

Ma mère m'a amené chez le médecin pour qu'il regarde les petits boutons que j'ai partout et qui me démangent drôlement. Il nous a reçus dans son bureau où sont entassés des gros livres de médecine qu'il consulte quand il a des doutes. Ma mère et le docteur se connaissent depuis longtemps. C'est lui qui la soignait quand elle était petite. Il est vieux bien sûr, et un peu sourd aussi, mais il est gentil et on ne sent rien quand il fait des piqûres. Il nous a fait asseoir.

— Alors, vous allez bien ?

— Et vous docteur ? a demandé ma mère.

— Moi, ça ne va pas du tout, mes intestins me posent des problèmes.

Il nous a raconté ses misères. Il en avait des tas. Je commençais à trouver le temps long. Ma mère, elle, était très attentive. Elle a voulu savoir s'il avait essayé le bicarbonate de soude.

— Vous croyez que ça me soulagerait ? a-t-il demandé.

— Mme Triboulet s'est soignée avec ça, a dit ma mère.

— Ah, bon !

— Elle avait des brûlures terribles et c'est passé.

— Il faudrait que je la voie pour qu'elle me conseille...

— Je crois que vous devriez.

Pendant qu'ils n'en finissaient pas de baragouiner, moi j'arrêtais pas de me gratter. J'aurais aimé qu'on s'occupe un peu de mes boutons.

— Mais s'il n'y avait que les intestins, ma pauvre amie !

— Qu'y a-t-il d'autre ? s'est inquiétée ma mère.

— J'ai une douleur là.

Il a désigné sa tête.

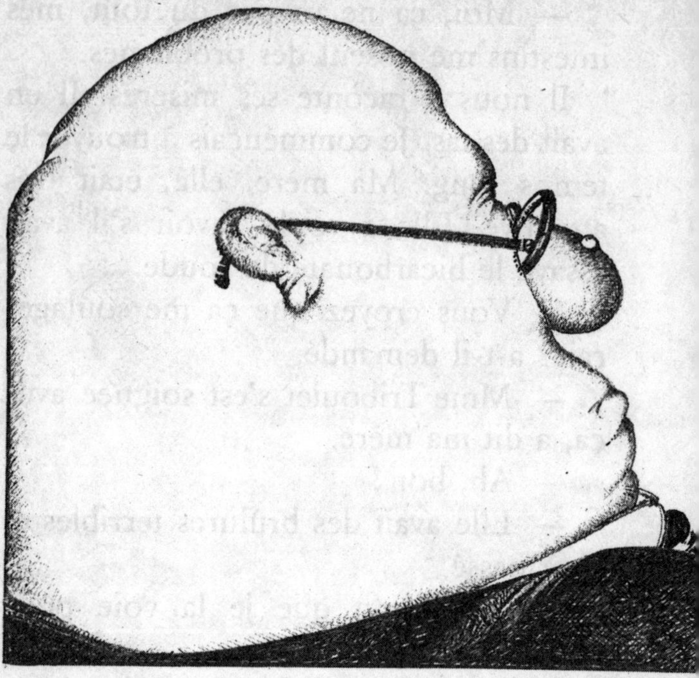

— J'ai des migraines terribles, ça me serre comme un étau et ça cogne dur.

— Vous ne prenez pas d'aspirine ?

— Vous pensez que ça me soulagerait ?

— Sûrement. Essayez aussi les compresses froides.

— Impossible ! Ça me fait éternuer.

Plus ils parlaient, plus ça me déman-

geait. J'en pouvais plus de me gratter comme un singe.

— Je trouve que vous avez les yeux jaunes, a dit ma mère.

— Ça doit venir du foie.

— Faites voir votre langue.

Il a ouvert grand la bouche.

— Ah, oui ! C'est bien ce que je pensais. Elle est chargée.

— Vous croyez que c'est grave ?

— Je ne sais pas, je ne suis pas médecin, a dit ma mère.

Ils avaient tous les deux l'air très embêté. Le docteur a proposé de jeter un coup d'œil dans ses livres. Peut-être y trouveraient-ils une explication.

— Le mieux serait que vous alliez chez un confrère, a dit ma mère.

J'en avais par-dessus la tête de leurs histoires. J'étais en feu, rouge des pieds à la tête et on ne m'avait pas encore examiné. Alors j'ai crié :

— Ça me démange, donnez-moi une pommade !

Ma mère s'est tournée vers moi et m'a envoyé une gifle.

— Tais-toi ! Tu ne vois donc pas que le docteur est malade ?

Je me suis mis à pleurer.

— Tiens, on dirait que ce petit est agité, a dit le vieux.

Il a tiré devant lui son bloc d'ordonnances.

— Je vais lui prescrire un calmant léger.

Puis, se tournant vers ma mère :

— Hé ! oui... Les enfants, eux aussi, ont leurs petites misères.

Sur ces belles paroles il a bâillé et il s'est endormi, tout droit sur son fauteuil.

Ma mère m'a tiré par la main et nous sommes partis sur la pointe des pieds.

Avant de rentrer à la maison nous sommes allés faire des courses. En me voyant, Hortense Petipot, la crémière, s'est écriée :

— Cet enfant a la varicelle !

Elle a recommandé des applications de beurre sur la peau pour calmer les démangeaisons. Aussitôt, ma mère s'est exécutée mais ce n'est pas une réussite. Le pire c'est que maintenant les copains m'appellent La Tartine.

Vivement la guérison !

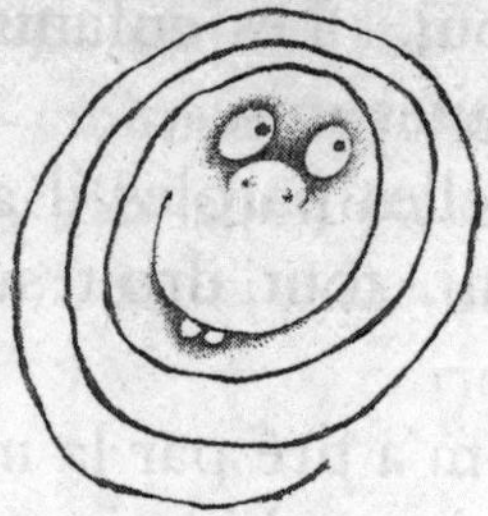

Wanda-Vinaigrette

Wanda-Vinaigrette est une artiste de music-hall capable de broyer entre ses dents les objets les plus solides et de les avaler illico !

On l'a surnommée successivement la Grapilleuse de boutons de nacre, la Grignoteuse de fil de fer barbelé, la Brouteuse de macadam, la Croqueuse de briques, l'Avaleuse de soldats de plomb, la Broyeuse de cristal et, tout récemment, la Dévoreuse de béton armé.

Wanda-Vinaigrette, soucieuse de toujours faire plus pour son public, a annoncé à la télévision qu'elle réussirait, avant la fin de l'année, à réduire en miettes son propre dentier.

Saluons le courage de cette femme qui s'entraîne sept jours sur sept pour gagner ce pari.

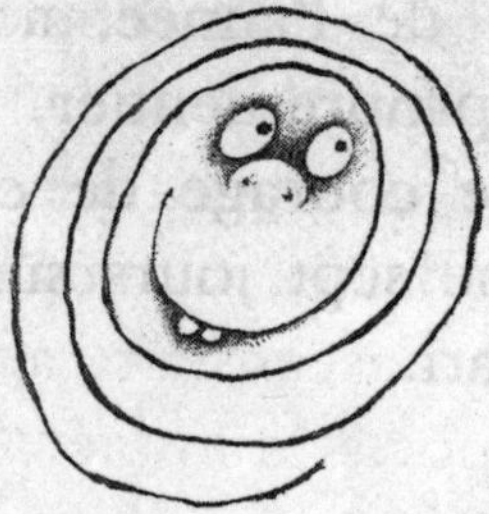

Ascenseur-descenseur

C'est une histoire à dormir debout. Une histoire incroyable pour peu qu'on n'ait pas de la purée d'épinards à la place du cerveau.

C'est Petit-Patapompon qui me l'a rapportée. Petit-Patapompon est le cousin de Grande-Peur, une amie de Mlle Piano-Droit, le professeur de musique de ma sœur Tresses-en-l'Air. D'ailleurs c'est une histoire qui est arrivée à Petit-Patapompon lui-même. Il faut dire qu'il lui arrive toujours des choses rocambolesques.

Donc, Petit-Patapompon se rend chez son dentiste qui habite au vingt-troisième étage d'une tour dans le quartier des Maisons-Basses. Comme d'habitude il entre dans l'ascenseur, appuie sur le bouton qui porte le numéro vingt-trois, et attend que ça se passe.

Vous savez ce qui est arrivé ? Non, vous ne savez pas. Je vous mets au défi de deviner.

Il est arrivé que l'ascenseur est resté immobile et que l'immeuble s'est enfoncé dans le sol. Ce n'est pas l'ascenseur qui est monté, c'est l'immeuble qui est descendu. Oui, il s'est enfoncé jusqu'à amener son vingt-troisième étage au niveau de l'ascenseur... Stupéfiant, non ?

Quand Petit-Patapompon m'a raconté ça, je lui ai dit :

— C'est impossible, tu blagues !

Il m'a juré sur la tête de sa grand-mère et sur les épaules de sa mère que non, pas du tout, il ne blaguait pas !

Alors je lui ai demandé ce qui s'est passé quand l'immeuble s'est immobilisé au vingt-troisième étage.

— La porte de l'ascenseur s'est ouverte et je suis sorti.

— Après ?

— J'ai sonné chez mon dentiste.

— Après ?

— Je me suis installé dans la salle d'attente.

— Après, Petit-Patapompon ? Après ?

— J'ai regardé par la fenêtre.

— Qu'est-ce que tu as vu ?

— Ben... j'ai vu que j'étais au rez-de-chaussée. Au niveau de la rue, si tu préfères.

Et d'ajouter :

— C'est normal puisque l'immeuble s'était enfoncé.

Il est formidable, Petit-Patapompon. Rien ne paraît l'étonner. Il m'a raconté cette histoire sans la moindre émotion, naturellement, comme s'il racontait une partie de pétanque.

Moi, j'étais bouleversé par cette affaire d'immeuble qui descend et d'ascenseur qui ne monte pas. Lui, non. Monsieur trouvait cela normal.

— Et après ? ai-je demandé.

— Je suis sorti.

— Tu veux dire que tu as repris l'ascenseur ?

— Evidemment ! J'ai appuyé sur le bouton du rez-de-chaussée et la tour a jailli de terre.

C'est un cas, Petit-Patapompon. Rien ne l'émeut.

J'ai voulu en savoir davantage :

— Et ton dentiste, qu'est-ce qu'il pense de tout ça ?

— Mon dentiste il est génial ! On sent rien quand il passe la roulette. Tu devrais te faire soigner par lui.

Ah, non, merci ! Plutôt souffrir chez le mien qu'aller là-bas.

Des fois que l'immeuble se bloquerait entre deux étages.

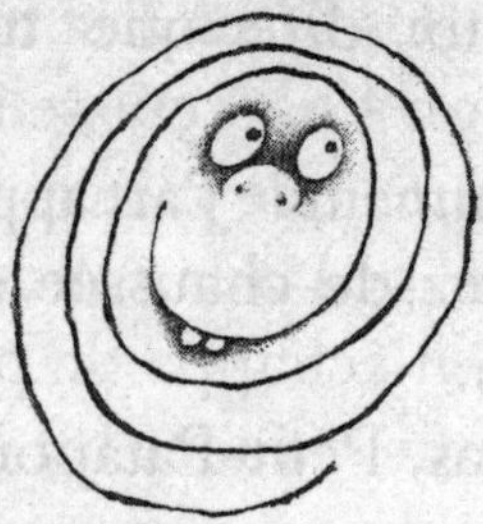

L'homme-mouton

Il était une fois un berger qui avait si longtemps vécu avec ses bêtes, si longtemps partagé leurs habitudes et leurs façons de réagir devant le danger, que ce soit le loup ou l'orage, qu'il finit un jour par leur ressembler. Sans y regarder à deux fois, on aurait pu le prendre pour un mouton. Il en avait l'allure et les traits. Même son chien s'y trompa : à plusieurs reprises, alors qu'il marchait à côté du troupeau, l'animal le ramena dans le rang.

La légendaire distraction du mouton finit par le gagner. Ainsi, mêlé au troupeau, il suivit les bêtes à la tonte. Il bêla si fort que l'on s'aperçut seulement à la dernière minute que c'était un homme. Il échappa de peu à la tondeuse.

De même, il échappa de peu à l'abattoir. Une vraie chance ! Là encore il avait suivi les agneaux, ignorant leur destination. Quand il arriva dans la salle d'abattage, il prit conscience du danger qu'il y aurait pour lui à ne pas se manifester. Il fut contraint de montrer ses papiers pour prouver qu'il n'était pas un mouton comme les autres.

Ah ! ça oui ! Il s'en fallut de peu qu'il ne se retrouvât à l'étal d'une boucherie.

Ebranlé par cette mésaventure, notre homme décida de changer de métier.

Aujourd'hui, il est gardien de zoo, affecté à la surveillance des gorilles. Sa ressemblance avec le mouton a disparu depuis qu'il a quitté les pâturages. Il a retrouvé son apparence première. Enfin, il l'avait retrouvée et puis... il semblerait qu'il l'ait perdue depuis qu'il travaille au parc zoologique. Oh ! ce n'est presque rien, à peine un air de famille qui se précise chaque jour davantage. Comment dire ? Il se met à ressembler aux singes, voilà tout.

Le malheureux ne comprend pas pourquoi les visiteurs lui jettent des cacahuètes mais comme ça l'amuse, il les mange. Quand il s'accroche aux branches des arbres tout le monde s'esclaffe. Alors il monte plus haut et il fait des grimaces. Les grimaces, ça plaît beaucoup aux enfants.

Le soir, quand il rentre chez lui, les gens s'écartent de son chemin. Lui, le naïf, ne comprend pas pourquoi. Il ne comprend pas davantage pour quelle raison ses voisins ne lui adressent jamais la parole et s'échappent en courant lorsqu'il les croise dans l'escalier.

Quand il sera à la retraite, il se trouvera un petit boulot pour ne pas s'ennuyer. Peut-être gardien de phare, ou gardien de parking. Gardien de parking, il aimerait bien !

Quand il finira par ressembler à une automobile, peut-être que son voisinage lui dira enfin quelques mots gentils.

Le fou de la départementale 20

Gégé-La-Flemme a un voisin, monsieur Beau-Pompon, à qui il arrive toujours des malheurs. Samedi, il a eu un accident de voiture.

— Je roulais pépère sur la départementale 20 quand un fou qui venait en face a coupé la route, explique-t-il.

— Avec quoi il l'a coupée, la route ? demande Gégé-La-Flemme.

— Avec sa voiture, bien sûr.

Gégé n'en croit pas ses oreilles. C'est la première fois qu'il entend parler d'une voiture à couper la route.

— Et elle coupait bien ?

— Pour couper, elle coupait !

répond le vieux Beau-Pompon.

— Alors c'est qu'on l'avait aiguisée.

— Aiguisée quoi ?

— Ben... la voiture !

— Qu'est-ce que tu me chantes là, pauvre idiot ? Tu as déjà vu quelqu'un aiguiser une voiture ?

Gégé-La-Flemme croit deviner que son voisin est en train de lui raconter des blagues. Il veut en avoir le cœur net.

— Vous allez donc pouvoir me dire en combien de morceaux il l'a coupée, cette route.

— Bien sûr ! Il l'a coupée en deux.

— Dans le sens de la longueur ou dans celui de la largeur ?

— Il l'a coupée en travers, si tu veux savoir.

— C'est ça, en travers ! Vous me prenez pour un imbécile ?

— Dis donc, petit morveux, tu veux ma main sur la figure ?

Gégé-La-Flemme juge prudent de ne pas insister. De toute façon, son opinion est faite : s'il y avait un fou sur la départementale 20, c'était bien monsieur Beau-Pompon.

Père Nono

On l'a décidé en haut lieu : l'année prochaine sera l'année du Père Noël et durant cette année il sera obligatoire d'y croire.

Cette décision, contestée par un grand nombre de gens, a amené les autorités à envisager des mesures qui seront mises en application dès le 1er janvier.

Ainsi, des contrôleurs interrogeront des passants dans la rue :

— Vous là-bas, vous y croyez ?

Il faudra répondre oui sans hésiter mais en modulant son ardeur : un excès d'empressement risquerait de paraître suspect.

Ceux qui ne croient pas au Père Noël auront intérêt à mentir. Avouer ne pas y croire serait se mettre dans un sale pétrin : le reste de sa vie en camp de rééducation.

Les contrôleurs seront autorisés à vous demander de justifier votre croyance. Il leur faudra des preuves. Un conseil : dès maintenant rédigez des lettres de commande antidatées. Détruisez les originaux et conservez jour et nuit les doubles dans votre portefeuille. Les doubles de lettres au Père Noël, s'ils ne constituent pas une garantie, mettront les contrôleurs dans de bonnes dispositions à votre égard.

Autre chose. Il faudra vous méfier des appels téléphoniques et des pièges qu'ils pourraient comporter. Si vous entendez dans votre écouteur :

— Allô, ici le secrétariat du Père Noël... Ne quittez pas, je vais vous le passer.

...n'allez pas répondre :

— Arrête tes blagues, Mauricette !

Tu sais bien que je ne crois pas en lui !

Vous seriez fait comme un rat. A l'autre bout du fil ce ne sera pas votre amie Mauricette mais un contrôleur anonyme qui aura pris sa voix pour vous piéger !

Surtout, l'année prochaine soyez prudent. Ne faites confiance à personne. Méfiez-vous de votre concierge, de vos fournisseurs, de vos amis. Des primes seront accordées pour chaque incroyant dénoncé ; il ne faudra alors se fier ni à son frère ni à son père. Ni même à sa mère !

Adhérez dès aujourd'hui au fan-club du Père Noël et portez le badge bien apparent sur votre pull-over.

En un mot, faites croire que vous croyez.

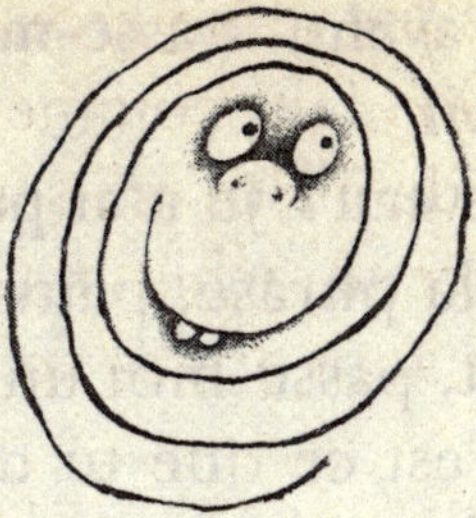

R en boule

René-Boute-en-Train dit à Madeluche :

— Voyons voir si tu es aussi douée que tu le dis... Tu vas rouler les R !

— Les rouler jusqu'où ?

— Déjà, tu n'as rien compris. Ça commence mal.

Madeluche est agacée. Ce René-Boute-en-Train, il faut toujours qu'il l'embête !

— Explique-toi clairement, dit-elle.

— Je vais te dire une phrase et tu vas essayer de la répéter en roulant les R.

Madeluche s'illumine :

— Fastoche ! Je fais ça tout de suite.

— Mais avant, passe-moi un peu d'eau, j'ai soif.

— Quelle eau ? Je n'ai pas d'eau.

— C'est la phrase, pauvre pintade ! « Mais avant, passe-moi un peu d'eau, j'ai soif », c'est ce que tu dois dire en roulant les R.

Madeluche opine du bonnet. Elle a tout compris. René-Boute-en-Train, lui, s'impatiente.

— Alors, tu y vas oui ou non ?

— Où faut-il que j'aille ?

— Je rêve ! Quelle saucisse cette fille ! Tu ne vas nulle part, tu dis seulement : « Mais avant, passe-moi un peu d'eau, j'ai soif » en essayant de rouler les R.

Madeluche commence à en avoir assez d'être bousculée. Et puis elle se demande si on ne la prendrait pas pour une imbécile, parce que des R, il n'y en a pas un, dans cette phrase.

René-Boute-en-Train insiste :

— Alors, c'est pour aujourd'hui ou pour demain ?

— C'est pour tout de suite, mon vieux.

— Bon, je t'écoute.

— Mais d'aborrrd, serrrs-moi à boirrre dans un verrre, je meurrrs de soif !

L'autre est furieux.

— Tu triches !

— Ecoute mon vieux, je dis ce que je veux.

— J'ai compris. La vérité, c'est que tu ne sais pas rouler les R.

— Quoi ? Je viens de t'en rouler cinq !

René-Boute-en-Train devine qu'il s'est fait avoir mais il lui en faut plus pour se démonter.

— Et tu serais capable de les dérouler, maintenant ?

— Bien sûr !

— Eh bien vas-y !

— Mais avant, passe-moi un peu d'eau, j'ai soif.

Et Madeluche s'en va, pas peu fière d'avoir cloué le bec à ce fanfaron. C'est vrai qu'il en reste sans voix, René-Boute-en-Train ! Son coup a raté. Qu'à cela ne tienne ! Il trouvera quelqu'un d'autre pour s'amuser à ses dépens.

Demain, il demandera à Nénette-Ciel-d'Azur de dire en zézayant : « Ronge ton frein, camarade ! » Celle-là, elle est tellement bête que, s'il le faut, elle passera des heures à s'entraîner.

Et elle est si entêtée qu'il est bien possible qu'elle y arrive.

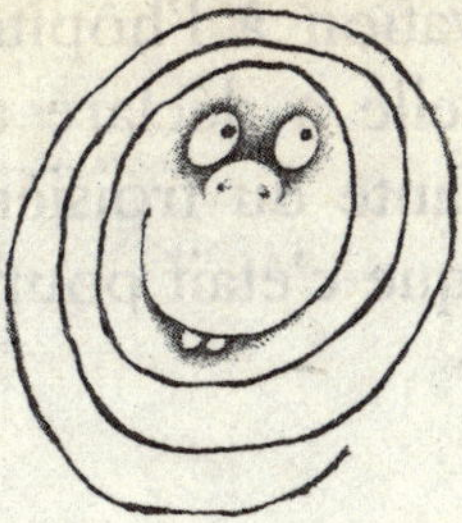

Zizou Marbella

Lors d'une récente interview accordée à un journaliste mondain, Zizou Marbella, vedette de Hollywood, se disait déprimée par la routine de sa vie de star. Maquillages, essayages, tournages, tournages, essayages, maquillages, elle en était plus que lasse !

Personne ne fut étonné d'apprendre sa tentative de suicide. Un matin, alors qu'elle était de passage à Paris pour présenter son dernier film, elle s'est jetée du rez-de-chaussée de la tour Eiffel.

Heureusement elle s'en est tirée avec un hématome sur chaque fesse.

En observation à l'hôpital américain de Neuilly, elle a déclaré à la presse : « Si j'avais sauté du troisième, les gens auraient dit que c'était pour me faire de la publicité. »

Calcul

Qui, mais qui a bien pu avoir l'idée de compter des moutons pour trouver le sommeil ? Cette idée est aussi stupide qu'inefficace.

Des moutons, j'en ai fait défiler des centaines de milliers et je ne me suis jamais endormi à cause de l'odeur, cette odeur répugnante de la bête qui emplissait mes narines au point de me donner migraines et nausées. Ne me parlez plus des moutons !

En soi, l'idée de compter n'est pas mauvaise, mais alors autre chose ! Quoi ? Ce n'est pas ce qui manque. On peut compter des plaques de beurre, par exemple. Je dis des plaques de beurre parce que j'en ai compté. Ça m'a fait dormir mais j'ai vite renoncé ; tous les matins les draps, les couvertures et la taie d'oreiller étaient gras. Des taches de beurre partout ! Une horreur !

On peut aussi compter des machines à calculer. Mais attention ! Compter des machines à calculer est un exercice complexe qui n'est pas sans danger.

Quoi qu'il en soit on n'est pas forcé d'additionner des moutons ou des plaques de beurre pour trouver le sommeil. On peut les soustraire.

Là, je mets en garde : la soustraction est dangereuse. On a vite fait de se trouver à zéro et même au-dessous de zéro.

Au-dessous de zéro, le stade du sommeil est dépassé. On atteint celui du coma d'où l'on a parfois des difficultés à sortir. Et puis bon, le but de tous ces calculs est de trouver le sommeil, pas le coma. Alors je dis oui à la soustraction, à condition toutefois de s'arrêter à temps.

Il est encore possible, pour s'endor-

mir, de multiplier. L'avantage de la multiplication sur l'addition, c'est qu'elle a des effets rapides.

De plus, les moutons ne peuvent s'additionner qu'entre eux et les plaques de beurre entre elles. Même chose pour les machines à calculer. En revanche, on peut multiplier des moutons par des plaques de beurre, multiplier le résultat obtenu par des machines à calculer et ainsi de suite. L'ennui, c'est que lorsqu'on multiplie des plaques de beurre par des moutons, on ne sait pas très bien ce que l'on obtient.

Si quelqu'un connaît le moyen de trouver rapidement le sommeil, qu'il me téléphone. Durant la journée, seulement. En ce moment, la nuit, je compte des oiseaux pour m'endormir.

La sonnerie les ferait partir.

Les yeux plus grands que le ventre

Gégé-La-Flemme en a marre que sa tante Zina soit toujours sur son dos. Quand elle l'amène chez le pâtissier, elle le surveille de près et il suffit qu'il choisisse un gâteau pour qu'elle s'écrie : « Pas celui-ci, tu ne pourrais pas le terminer, prends-en un plus petit ! » Comme il proteste, elle dit : « Mon pauvre enfant, tu as les yeux plus grands que le ventre » et elle lui fait un sermon qui n'en finit pas.

Elle ferait mieux de se regarder, elle, avec son ventre plus grand que ses yeux. Elle en avale des choses ! Et puis ce n'est pas vrai ce qu'elle raconte, il n'a pas les yeux plus grands que le ventre parce que si c'était le cas, on pourrait faire entrer son ventre dans ses yeux. Mais Gégé a beau rentrer son ventre, c'est impossible. En revanche, il peut faire entrer ses yeux dans son ventre, ce qui prouve que son ventre est plus grand que ses yeux et non le contraire.

Il n'est pas dupe, Gégé-La-Flemme. Sa tante dit des âneries rien que pour l'embêter. Des âneries et, des fois, des méchancetés. D'ailleurs il voit bien qu'elle n'est pas appréciée par son entourage, et ça il le voit d'autant mieux qu'il n'a pas ses yeux dans sa poche, comme disent les kangourous.

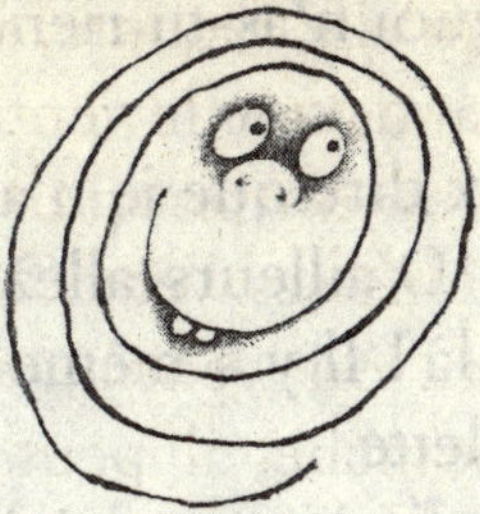

L'étourdi

Valentin est employé de gare à Trou-sur-Rien, un village déserté par la population, les oies et les cochons. Son défaut, c'est la distraction, et il a encore oublié ce que lui a dit le chef, il n'y a pas cinq minutes.

— Chef, je ne me souviens plus des recommandations que vous m'avez faites.

— Je vois, répond le chef. Tu as encore mangé la consigne !

Valentin pâlit. Jamais personne n'avait porté contre lui pareille accusation.

— Non chef, je n'ai rien mangé.

— Pourquoi n'as-tu rien mangé ? Tu es malade ?

— Je veux dire que je n'ai pas mangé la consigne. D'ailleurs allez-y voir, elle est toujours là ! Il y a même trois valises et une bicyclette.

— Alors tu n'as touché à rien ?

— A rien. J'ai tout laissé.

Le chef fait les gros yeux.

— Ne viens pas me raconter que c'est mal cuisiné !

— C'est excellent, mais voilà des mois que je mange de la vache enragée, alors je ne peux avaler rien d'autre !

— Pauvre imbécile ! La vache enragée, il ne faut pas la manger, il faut seulement sucer les cornes.

— Hé oui... Si j'avais su !

— Bon, assez bavardé, tu vas prendre en charge le convoi de girafes de neuf heures moins trente.

Le visage de Valentin s'illumine.

— C'était ça la consigne. Ça me revient, maintenant !

— Qu'est-ce qui te revient, Valentin ?

— La consigne, chef.

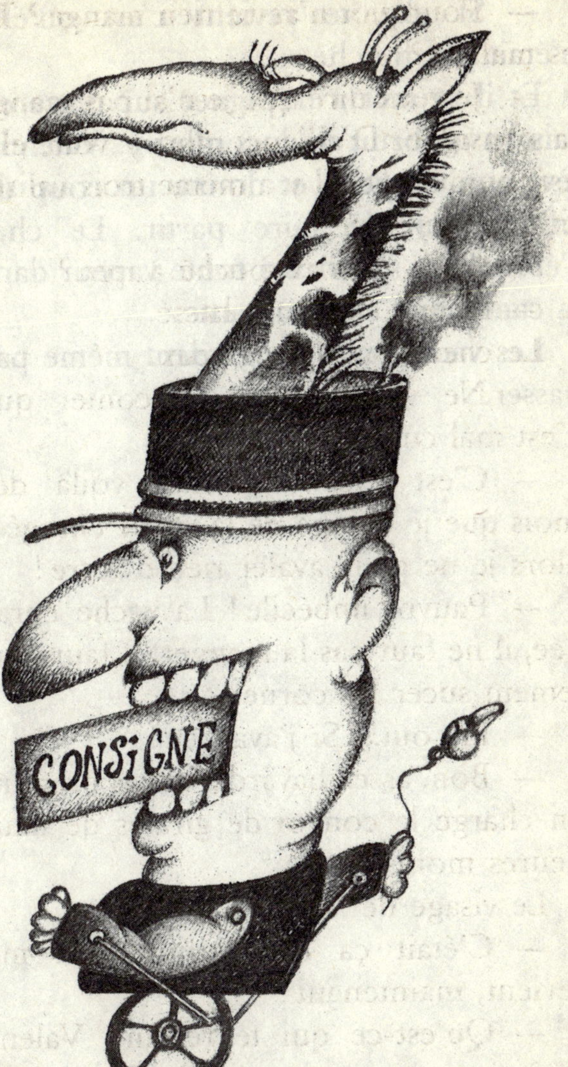
CONSIGNE

— Si elle te revient c'est qu'elle n'était pas fraîche.

Et il se met à trépigner sur place en faisant un bruit de locomotive. Valentin lève son drapeau et donne un coup de sifflet pour le faire partir. Le chef s'ébranle et s'élance à toute vapeur dans la campagne environnante.

Les vaches ne le regardent même pas passer.

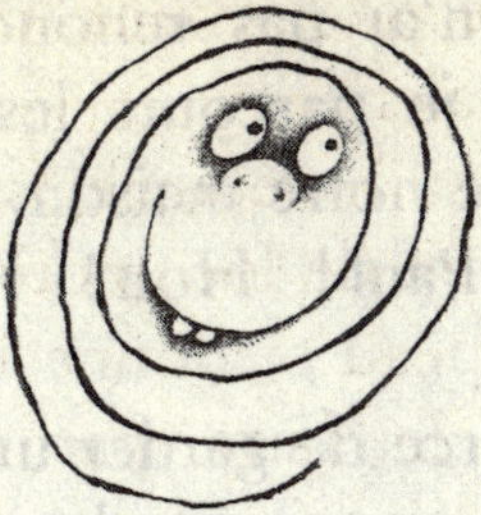

Cache-cache

Voilà maintenant vingt-cinq ans que la partie de cache-cache a commencé. J'avais compté jusqu'à dix et mon frère, Petit-Paul, était allé se planquer dans un recoin de notre grande maison familiale.

Depuis, je le cherche et je ne le trouve pas.

Dans les premiers temps mes parents m'avaient aidé, mais les malheureux en ont eu vite assez. Ils m'ont planté là et sont partis s'installer dans le Nebraska où, je crois savoir, ils tiennent un commerce d'articles de plage qui ne marche pas très fort.

Moi, je n'ai pas renoncé. Sans me décourager je parcours les couloirs et les pièces de notre maison. Je crie :

— Petit-Paul ! Hou ! Hou ! Petit-Paul !

Je m'efforce de garder un ton joyeux pour lui faire comprendre que son obstination à rester invisible ne m'a ni froissé ni irrité.

Certains jours, les mains en porte-voix, je lui explique que le jeu est terminé, qu'il a gagné et qu'il doit maintenant se montrer. Hélas, rien n'y fait.

Je redoute le moment où je le découvrirai. J'ai peur de ne pas le reconnaître. La physionomie change en vingt-cinq ans. Les traits se modifient, surtout chez un adolescent. Il doit être adulte, aujourd'hui.

Il m'arrive de penser qu'il a fondé une famille et qu'avec femme et enfants il se tient blotti sous un escalier encore inexploré ou sous une trappe dont j'ignore l'existence.

J'essaie de me convaincre que cette histoire finira bien mais le temps passe et je suis pessimiste.

Pourtant je dois faire fi de mon appréhension. Sinon comment aurais-je la force d'explorer encore notre immense demeure dont certains endroits, sombres et mystérieux, me donnent des frayeurs que je parviens mal à surmonter ? Je pense notamment à la partie nord où le vent s'engouffre par les fenêtres que quelqu'un (un fantôme ? mon frère lui-même ?) s'obstine à ouvrir sitôt que je les ai fermées.

Rodin

« Je suis le Penseur. Le Penseur de Rodin. Je pense. Ce n'est pas de tout repos. Au début je pensais à des choses profondes et graves. Je pensais sérieux. J'ai dû m'arrêter, je n'aurais pas tenu le coup. Alors je me suis mis à penser plus légèrement. Ça m'a reposé. Je pensais à rien, à des broutilles. Je pensais au vide, à l'infini. La nuit, je pensais au noir. Et puis voilà qu'au printemps je me suis mis à penser à l'amour. En été je pensais aux vacances, en automne je pensais à rentrer du bois pour l'hiver, en hiver je pensais à faire ramoner ma cheminée. Je pensais continuellement, sans prendre un jour de repos. Je n'ai jamais cessé de penser. Aujourd'hui je pense toujours et demain je penserai encore. C'est épuisant. Voilà plus d'un siècle que dure cette plaisanterie.

Parfois, comme en ce moment, je pense que c'est tuant d'être penseur. Bien sûr, il m'arrive aussi de penser à ne pas penser. Je me dis : « Pense à ne pas penser, penses-y ! » Et quand j'y pense, ça me fait penser que je n'y pense plus. C'est toujours bon à prendre.

Les gens qui me regardent penser pensent : « Il est le Penseur, le Penseur de Rodin, il pense et c'est bien normal. » Ils ne comprendraient pas que je me plaigne. Alors je m'écrase.

En période de guerre je pense à la paix, en période de paix il ne me viendrait pas à l'esprit de penser à la guerre et comme il faut bien que je pense à quelque chose, je pense à moi. C'est un exercice qui me fatigue beaucoup de penser à moi qui pense, qui pense que je pense à moi. C'est sans fin, épuisant. Je dois très vite arrêter et m'obliger à penser aux autres, mais, c'est étrange, en pensant aux autres j'ai le sentiment de ne penser à rien. Penser à rien, c'est suicidaire quand on est penseur. Alors je pense à n'importe quoi, n'importe comment. Il m'arrive de penser à mourir mais je sais bien que je suis immortel.

Quand je suis dépressif, je pense aux femmes. Les femmes me font penser, c'est comme ça, je n'y peux rien. Je pense à la Victoire de Samothrace, à la Vénus de Milo, à cette dinde de Joconde.

Il m'arrive aussi de penser que j'ai faim ou que j'ai soif, mais je ne pense jamais à boire ni à manger. C'est inexplicable. Ce sont des choses auxquelles je ne pense pas, voilà tout. On ne saurait penser à tout, même quand on est penseur.

Bon, là je suis vraiment exténué. Je vais me caler sur la pensée minimale et laisser passer quelques heures. Pilotage automatique et progression au radar !

Tiens, j'y pense, ce soir je devrai penser à fermer le robinet du gaz pour la nuit. »

*

— Regarde, tonton. C'est le Penseur.

— On dirait bien que oui.

— C'est une sculpture de Rodin.

— Si tu le dis !

— As-tu essayé d'imaginer à quoi il pense ?

— A quoi il pense ? Mais il pense à rien du tout !

— On ne peut nier qu'il pense à quelque chose puisqu'il est le Penseur.

— Il faut toujours que tu cherches midi à quatorze heures, mon garçon.

— Selon moi, il pense à l'origine du monde, à la création de l'univers...

— (*Pour lui-même, à voix basse*) Quel prétentieux ce môme ! Tout le portrait de sa mère.

— Peut-être s'interroge-t-il sur lui, sur sa situation dans le cosmos, sur le mystère de sa propre vie.

— Et si t'arrêtais ton charabia ?

— Ne m'exprimerais-je pas clairement, tonton ?

— C'est tellement clair que j'y comprends rien.

— Veux-tu que je recommence ?

— Tu préfères pas qu'on s'en aille ? J'ai une idée, on va aller boire un coup.

— Attends, je songe à quelque chose... Il est possible que le Penseur pense à nous, à nous qui le regardons, et sa pensée s'exerce sur un point de première importance : la relation entre celui qui regarde et celui qui est vu.

— Alors, on y va oui ou non ? Ça me donne soif de t'écouter.

— Ce doit être merveilleux d'être le Penseur. Je l'envie. Je suis jaloux.

— Oh, bonne Mère ! Ce moucheron me met les oreilles à l'envers ! Tu viens ou tu viens pas ?

— Et toi, tonton, tu n'aimerais pas être le Penseur ?

— Figure-toi, pauvre ballot, que j'ai autre chose à faire. Bon, tu viens maintenant ?

— Penser est plus important qu'agir. Tu devrais essayer ?

— Si tu ne viens pas, je m'en vais.

— Tu découvrirais des horizons nouveaux, tu aurais une autre perception du monde...

— Oh ! Ça va ! T'arrêtes tout de suite sinon je te fends en deux ! T'entends, je te fends en deux !

— C'est dommage que tu ne t'intéresses pas davantage à l'art.

— (*Pour lui-même, à voix basse*) C'est un grand malheur pour la famille mais on ne le changera pas, il est comme ça depuis qu'il sait parler...

Discobole

« Je suis le Discobole. Le Discobole de Myron. J'ai envie de lancer mon disque... J'ai drôlement envie de le lancer. Ça me démange. De quoi j'ai l'air, moi, avec ce truc dans la main depuis si longtemps. Je vais finir par le lancer, c'est sûr. Un jour, ça va partir ! Je ne pourrai pas me retenir, je la balancerai loin, très loin, cette saleté qui me donne des ampoules aux doigts.

Bon, calme-toi petit. Respire lentement, ne pense à rien... Voilà, c'est passé.

A propos de penser, j'aimerais être à la place du Penseur de Rodin. Ça c'est un bon boulot ! Toujours assis à ne rien faire, peinard ! Juste à penser. Il y en a qui ont de la chance. Moi, c'est le disque à perpétuité. C'est trop injuste. Et ce bras toujours tendu, il fatigue ! J'en ai plein la besace de la discobolie. Voyons, discobolie, ça existe ce mot ? Je ne peux même pas consulter un dictionnaire, j'ai une main prise, l'autre en l'air, la pose à garder. C'est l'horreur. Je vais lancer, cette fois je vais lancer. Je fatigue sur mes jambes pliées... J'en ai la nausée. Je compte jusqu'à trois et à trois je lance. Ce n'est pas le moment de te dégonfler, petit ! Tu balances le plus loin possible. UN ! Concentre-toi. DEUX ! Ça va partir. TROIS ! Vas-y mon gars ! Alors qu'est-ce que tu fais ? Non, ce n'est pas vrai ! Mon bras est ankylosé. J'aurais dû m'en douter. C'est fichu. Je serai discobole jusqu'au bout... Jusqu'à la fin. Mais la fin de quoi ? Il n'y a pas de fin pour moi. Pas de bout. C'est sûr, je vais faire une dépression nerveuse. Je la sens venir, elle vient.

Je hais l'athlétisme ! »

*

— Mamie, regarde, le monsieur il est tout nu !

— Lequel, mon petit Léopold ?

— Celui-là qui tient une assiette en l'air.

— Je ne vois pas.

— Qu'est-ce qu'il est musclé !

— Où est-il ? Je veux le voir.

— Là, devant toi. Il te crève les yeux.

— Ça ? Tu vois bien que c'est une statue. C'est le Discobole.

— C'est quoi discobole ?

— C'est celui qui lance le disque.

— C'est quoi le disque ?

— C'est ce que tu as pris pour une assiette.

— Et pourquoi il lance le disque ?

— Pour l'envoyer loin.

— Et pourquoi il veut l'envoyer loin ?

— Pour gagner.

— Pour gagner quoi ?

— Une médaille.

— Et la médaille, il la lance ?

— Non. La médaille il ne la lance pas, il la gagne.

— Et s'il lançait la médaille, il gagnerait un disque ?

— Réfléchis, Léopold. Le lancer de médaille n'existe pas.

— Et pourquoi il existe pas ?

— Parce qu'on ne l'a pas inventé.

— Et si on l'avait inventé et qu'on lancerait la médaille, le monsieur qui l'enverrait loin, on l'appellerait le médaillobole ?

— Je n'en sais rien.

— Et pourquoi t'en sais rien ?

— Parce que je ne peux pas tout savoir et que cela, précisément, fait partie des choses que je ne sais pas.

— Y'en a beaucoup de choses que tu sais pas ?

— Je ne peux pas le savoir puisque je les ignore !

— Alors tu sais rien ?

— Je sais ce que je sais, c'est bien suffisant.

— Et tu sais pourquoi le Discobole il fait ce métier ?

— Ce n'est pas un métier, Léopold ! C'est un sport.

— Tu crois qu'il est content de faire du sport ?

— Sûrement !

— Et comment tu le sais ?

— C'est mon petit doigt qui me l'a dit !

— *(Léopold, pour lui-même, à voix basse)* Son petit doigt ? ! Elle est vraiment cruche de croire à ces bêtises !

La bagarre

C'est Kéké-La-Frite qui a donné le coup d'envoi, bien placé, entre les deux yeux d'un petit du cours préparatoire. Témoin de la scène, Gégé-La-Flemme, très en forme depuis qu'il croque des pastilles de vitamines, se porte au secours du mioche.

— Dis donc Kéké, tu veux un coup de main ?

Et aussitôt, vlan ! Il lui balance une beigne de déménageur. Alors les marrons commencent à pleuvoir. Kéké regarde Gégé bien en face et lui décoche un coup d'œil à décrocher la

mâchoire ! Gégé fonce tête baissée et lui retourne, vite fait bien fait, un coup de crayon auquel Kéké répond par un méchant coup de gomme dans l'estomac. Gégé se redresse et file à l'autre un coup de téléphone qui le laisse un peu sonné mais Kéké a encore la force de lui expédier un puissant coup d'air dans le nez pour qu'il s'enrhume. Furieux, Gégé allonge de toutes ses forces un

coup de chaleur qui laisse son adversaire complètement froid puisqu'il répond aussitôt par un coup de soleil sur la tête. Gégé en voit trente-six étoiles et, pour se venger, lui fait les quatre cents coups dans les gencives. Là, Kéké titube mais il a le courage de laver l'affront de ce coup bas par un coup monté finement placé. Gégé, dont le regard est noir comme un ciel d'orage, lui lance un violent coup de foudre qui, par chance, est détourné par le paratonnerre de l'école. Kéké en profite pour lui coller un bon coup de rouge dans le blanc des yeux, payé en retour par un petit coup de blanc qui lui rougit le pif ! Alors Gégé saute sur Kéké, et ils tombent dans une flaque d'eau où ils continuent de se crêper le chignon à grands coups de peigne.

La maîtresse, voyant les deux vauriens emmêlés par terre, arrive en courant et donne un bon coup de balai dans le tas, histoire de faire un peu de propreté dans la cour.

Fredo-l'Embrouille

Fredo-l'Embrouille est un escroc. Son principe est de faire passer du petit pour du grand.

Au début, il a mis en bouteille du vin ordinaire, il a collé des étiquettes de grands crus et vendu ça au prix fort. Du petit vin au prix du grand, fallait y penser ! C'était simple, pas salissant et ça pouvait rapporter gros.

D'ailleurs, ça a rapporté gros. Très gros. Fredo a investi ses premiers gains et tout est allé très vite. Le commerce a prospéré au-delà des espérances.

Aujourd'hui Fredo-l'Embrouille dirige une entreprise. En gestionnaire avisé, il a diversifié ses produits, organisé l'exportation, multiplié les réseaux. Il travaille uniquement par correspondance. Pas fou, Fredo-l'Embrouille ! La vente à distance est la seule qu'il pratique : le client trompé hésite à renvoyer la marchandise et encore plus à se déplacer pour lui casser la figure. Le catalogue propose de nombreux articles. Voyons cela de près.

Fredo-l'Embrouille vend une cérémonie en grand uniforme. Vous imaginez la tête du client qui reçoit une petite réunion de famille en petite tenue !

Page 232, il propose une grande guerre. Bien sûr, il se contente de livrer une petite dispute.

Sur la page suivante on trouve un grand homme. Un grand homme, c'est alléchant. Un grand homme chez soi, voilà qui en imposerait aux amis ! On a bien envie de se l'offrir, ce grand homme. Allez, on se l'offre ! On remplit la commande, on joint un chèque et on attend avec impatience.

Ne dites pas que vous ne devinez pas la suite. La suite, elle est logique : quand on ouvre le colis tant attendu, on découvre un minable.

Il est astucieux, Fredo-l'Embrouille !

On ne compte plus les clients trompés : ceux qui ont payé un grand nettoyage et réceptionné un petit coup de balai ; ceux qui se sont laissé tenter par une grande santé et se sont retrouvés avec cinq ou six petites maladies ; ceux qui ont cassé leur tirelire pour s'offrir une grande vitesse et n'ont obtenu que des petits pas ; ceux qui ont voulu un grand crayon et ont dû se contenter d'une petite mine.

Les plus à plaindre sont les clients qui ont commandé des grandes actions et n'ont reçu que des petites bassesses.

Comme on s'en doute Fredo-l'Embrouille gagne largement sa vie. C'est un homme heureux.

Il a une petite amie qui lui fait des petits câlins et des petits plats. Il dit, en parlant d'elle : « C'est un petit bijou ! »

Ils ont tous les deux un grand cœur et partagent de grands sentiments. Ils se sont promis mutuellement de ne jamais faire prendre à l'autre les vessies pour des lanternes.

A propos de lanterne, le catalogue en propose une grande. Une très grande lanterne. Et vous savez ce que reçoit l'acheteur ? Une vessie.

Le Grand Créatif

Le quatrième jour, Dieu crée la mer.

— C'est du bon travail, songe-t-Il en jetant un regard circulaire sur la planète.

Content de Lui, Il se prépare à la sieste, quand Il réalise que les pêcheurs en eau douce se plaindront d'avoir été oubliés. Il fait alors naître ici et là quelques lacs qu'Il peuple de gardons et d'ablettes.

— Et maintenant, un gros dodo ! dit-Il en se laissant tomber sur le canapé.

Même pour Dieu, à chaque jour suffit sa peine.

En fin de semaine, Il prend conscience que l'eau s'évapore. Il ne devra pas tarder à se remettre à l'ouvrage s'Il ne trouve pas tout de suite une solution. Elle s'impose sur-le-champ : il faut créer des sources.

C'est chose faite dans la minute qui suit.

Aussitôt, les fleuves commencent à couler, les cascades à chanter, les rus à ruisseler et les petits ruisseaux à faire de grandes rivières.

— Maintenant j'arrête, pense Dieu.

Quand l'homme met enfin les pieds sur terre, l'eau est partout.

Enfin, presque partout...

Il reste de vastes étendues privées de tout élément liquide.

Mécontent, l'homme brandit un poing vers le ciel :

— Dites donc, Dieu, vous avez salopé le travail ! A quoi ça sert ces espaces arides où l'on mourra de soif ?

Heureusement, Dieu a réponse à tout :

— Ça sert, pauvre imbécile, à désigner le mot désert !

L'homme en reste comme deux ronds de flan. Une telle logique le laisse sur les genoux. Pourtant il ne se démonte pas. Il est comme ça, l'homme, il faut qu'il titille son interlocuteur, qu'il le pousse dans ses retranchements.

— Bon d'accord, mais qu'est-ce qu'on va y faire, nous, dans le désert ?

Là, Dieu est agacé. Mais aussi, pourquoi a-t-Il fait l'homme raisonneur ?

— Vous n'aurez qu'à y faire des rallyes !

C'est ainsi, entre autres, que s'est imposée la nécessité du Paris-Dakar.

Les enfants Ex Æquo

Rita Martin va montrer son ventre au docteur Phosphore, un ancien toubib militaire reclassé dans le civil. Elle est à peu près sûre qu'elle attend un enfant mais elle aimerait en avoir confirmation.

— Madame, vous en avez trois là-dedans, s'exclame-t-il.

— Ce n'est pas possible !

— Je suis formel, ce sont des triplés.

— Trois... c'est beaucoup trop, docteur.

— Trois, c'est un compte rond.

Rita Martin est perplexe. Elle se rappelle les exploits de ce charlatan, qui avait diagnostiqué une varicelle alors qu'elle souffrait d'une entorse et qui, pas plus tard que le mois dernier, lui avait prescrit des cataplasmes pour guérir une infection intestinale.

— Vous ne vous êtes pas trompé dans vos calculs ? demande-t-elle avec insistance.

Le médecin pense : « Quelle casse-pieds, cette mère Martin ! » Il meurt d'envie de l'envoyer promener mais sa clientèle est maigre, il ne doit pas brusquer les rares patients qui lui restent fidèles.

— Je vais vérifier pour vous faire plaisir, dit-il en rongeant son frein.

Il colle le stéthoscope sur le ventre, tend l'oreille.

— Je confirme : ils sont trois. Le premier demande au deuxième comment il s'appelle, le deuxième répond qu'il n'en sait rien et le troisième fredonne une valse de Vienne. J'entends trois voix distinctes, il n'y a pas d'erreur possible.

Le soir même Rita Martin révèle à son mari qu'ils vont avoir trois enfants.

Elle lui raconte que le docteur Phosphore les a entendus causer.

— Ils disaient quoi ? demande Martin.

— Le premier demandait son prénom au deuxième.

— Et le troisième ?

— Si j'ai bien compris ce qu'a dit le docteur, il dansait une valse de Vienne.

— Il dansait ? Mais avec qui il dansait ?

— Je ne sais pas mon pauvre Anselme. On ne me l'a pas dit.

Ecrasés par ce mystère qui les dépasse, les époux Martin soupirent.

— A propos de prénoms, comment on va les appeler ces trois mioches ?

— C'est simple, répond Rita. On va les appeler Un, Deux et Trois.

— Ah, non ! Ça fait vulgaire.

— Moi, je trouve que c'est distingué.

Anselme se met à gueuler :

— Moi, je dis que ça fait vulgaire ! Faut trouver autre chose.

Les voilà qui se mettent à réfléchir. Soudain Anselme Martin a une idée.

— On va les appeler Petit a, Petit b et Petit c.

Rita n'est pas enthousiaste. Elle se renfrogne.

— Si ce que j'ai trouvé est vulgaire, permets-moi de te dire que ton truc fait plutôt prétentieux !

— Puisque c'est ça, propose autre chose, toi qui es si maligne !

— Justement, j'ai une lueur : on pourrait appeler Très-Bien le plus intelligent.

— Et les deux autres ?

— Bien et Passable !

Anselme maugrée. Cette proposition ne lui plaît pas. Lui, il préférerait appeler Très-Bien les trois lardons.

— Tu comprends, dit-il à Rita, nos enfants s'appelleraient Très-Bien, Très-Bien et Très-Bien ! Ça épaterait le voisinage. Les gens en auraient plein la vue.

— Pauvre imbécile, comment ferons-nous pour les reconnaître s'ils ont le même prénom ?

— Evidemment, quand je dis quelque chose, c'est toujours des bêtises !

— T'es pas bien futé, c'est vrai !

— Parce que toi tu l'es, peut-être ? Laisse-moi rire !

— J'en ai marre Anselme ! J'aurais dû écouter maman et ne jamais t'épouser. J'aurais mieux fait de rester jeune fille.

Martin est embêté. Il faut absolument en finir avec le choix des prénoms sinon l'affaire pourrait tourner à la vinaigrette.

— Voyons ma poulette, on va pas se disputer... Tiens, je crois avoir trouvé la solution !

— J'espère pour toi, dit Rita avec son air mauvais.

— Voilà : le premier qui sortira de ton ventre nous l'appellerons Médaille-d'Or, le deuxième Médaille-d'Argent et le troisième Médaille de Bronze.

Rita se radoucit. On dirait que l'idée d'Anselme a fait mouche.

— Ouais... Ça casse pas des briques mais c'est plaisant, dit-elle.

Martin se rengorge. Ivre de fierté, il sourit à Rita qui lui rend son sourire. Ouf ! L'orage n'est pas passé loin.

Mais Rita revient à la charge :

— Dis donc, c'est bien beau ta trouvaille, mais s'ils sortent de mon ventre en même temps, on pourra pas leur donner les prénoms que tu dis.

— S'ils sortent de ton ventre en même temps nous les appellerons tous les trois Ex Æquo.

— Mais là encore, comment on fera pour les reconnaître ?

— Ma poulette, on n'aura pas besoin de les reconnaître puisqu'ils seront ex æquo !

Rita réfléchit. Finalement, elle semble convaincue.

— T'as raison mon grand, Ex Æquo c'est formidable.

Elle saute au cou d'Anselme.

— Va à la cave et remonte donc une barrique de beaujolais, dit Rita qui sautille de joie en tapant des mains.

— Une vide ou une pleine ?

— Une vide, bien sûr ! Dans mon état, on ne doit pas boire de vin !

Anselme approuve.

Rita pense : « Ex Æquo, c'est chic, exotique et profond. »

Il y a du bonheur dans l'air.

Œuf de bœuf

La mère de Titou-Vide-Gousset lui dit :

— Tu sais mon garçon, qui vole un œuf vole un bœuf. Tu as déjà dérobé des œufs chez la crémière, ne t'avise pas de ramener des bœufs à la maison. Nous n'avons pas de place.

Titou-Vide-Gousset écoute le sermon sans protester. Il n'a jamais pensé voler des bœufs. « Elle a d'étranges idées, la mère », pense-t-il.

Il ne se voit pas pousser devant lui un bouvillon dans l'escalier. Et où le cacher ? Sous le lit ? Dans la boîte à œufs ? Non, ce serait insensé. Voler un bœuf, quelle bêtise ! Lui, il a en tête d'autres projets.

— Sois tranquille maman, dit-il. Je n'aime pas les bœufs. Je vois plus grand.

— Plus grand ? Tu ne vas pas chaparder un éléphant, j'espère !

— Mieux que ça.

La mère vire au pâle. Elle redoute le pire.

— Mieux qu'un éléphant ? Un mammouth ? balbutie-t-elle.

— Mais non, ni mammouth ni éléphant. Je vais voler des trains.

La pauvre femme est terrifiée.

— Des trains ? Tu vas voler des trains, toi ?

— Oui, moi ! Moi, je vais voler des trains !

Il est fier de ses ambitions, Titou-Vide-Gousset. Il se rengorge, il fait l'important. Sa mère tente de le raisonner :

— Ecoute mon grand, continue de voler des œufs... même des bœufs si tu en as envie mais ne touche pas aux trains. Tu manques d'expérience, tu te ferais prendre. Le vol d'un train, c'est trop gros pour toi.

— Trop gros pour moi ? Tu rigoles ! Ce soir je vais faucher le rapide Paris-Irun de 22 h 45.

— Et tu vas le cacher où ton Paris-Irun, grand nigaud ?

— Je n'ai pas l'intention de le cacher. Arrivé à destination je le laisse en gare.

La mère est rassurée.

— Mais alors ce n'est pas du vol, dit-elle.

— C'est du vol. J'entre dans la locomotive et je dis au mécanicien : « Mets en route, je vole ton train ! » Et nous partons !

— Vous partez où ?

— A Irun, bien sûr.

— Mais, ce n'est pas ça, voler ! Au pire tu seras considéré comme un passager clandestin.

— Je ne suis pas clandestin puisque je me montre.

— Alors comme un pirate du rail.

— Mais non ! Le train, je ne le détourne pas, je le vole, voilà tout.

Voilà maintenant plusieurs années qu'il exerce sa coupable activité. Au début, il en a étonné plus d'un. Il arrivait dans le poste de pilotage et annonçait ses intentions. On le prenait pour un fou mais, comme il se montrait courtois durant le voyage, on ne le livrait pas aux gendarmes. Très vite les conducteurs de train se sont passé le mot. Un grand nombre d'entre eux faisaient des vœux pour être sa victime ; la présence de ce singulier voleur rompait la monotonie du voyage. Ils s'interpellaient dans les gares :

— Hé ! Tu as vu le garçon ?

— Oui, pas plus tard que ce matin !

— Il a piqué ton train ?

— Je crois qu'il en a piqué deux aujourd'hui !

Et tous riaient de bon cœur.

A ce jour Titou-Vide-Gousset a volé plus de trois cents convois, tant sur les grands axes que sur les lignes secondaires. Il est heureux bien qu'il ne tire aucun profit de tous ces vols. Il agit pour le plaisir, simplement pour le plaisir.

Quand les agents de service le voient rôder sur un quai avec des airs de conspirateur, un masque de Mickey sur le visage pour ne pas être reconnu, ils sont pliés en deux. « Voilà notre fada ! » disent-ils en se poussant du coude.

Parfois il emmène sa mère qui a fini par se laisser convaincre de l'accompagner. Là, ils font le coup à deux. Afin qu'elle passe inaperçue, il l'enferme dans une valise. Il la libère au dernier moment, quand le convoi s'ébranle. Le plus souvent elle est déguisée en majorette pour qu'on ne puisse l'identifier si l'affaire tournait mal.

Hier, ils ont dérobé trente-deux wagons à bestiaux tirés par une locomotive poussive. C'était rien que des bœufs, de belles bêtes venues de la campagne.

La mère de Titou-Vide-Gousset lui a fait les gros yeux et adressé un reproche :

— Je te l'avais bien dit que tu finirais par voler un bœuf !

Le malaise de Cendrillon

Cendrillon entre au Casino de la Plage où se donne le bal annuel des Châtelains-Ruinés, une association à but non lucratif, régie par la loi de 1901. (Ce n'est pas grave si vous ne comprenez pas ce que cela veut dire, c'est sans importance pour la suite de l'histoire.)

La jeune fille s'installe à une table et commande une menthe à l'eau. Elle attend avec impatience qu'un beau garçon l'invite à danser mais elle est si peu engageante qu'elle n'en trouve pas un. Il faut dire que sa marraine, la fée, s'est mélangé les pinceaux au moment de dire la formule magique et que la pauvre Cendrillon s'est retrouvée devant le Casino de la Plage habillée comme une souillon, les cheveux gras collés au crâne et la face couverte de boutons.

Enfin, tard dans la soirée, un type s'avance vers elle et lui dit de sa belle voix grave :

— Voulez-vous m'accorder ce rock, mademoiselle ?

C'est un beau prince charmant à la retraite qui a connu autrefois quelques succès féminins. Certes il n'est plus très jeune mais il a gardé belle allure.

Cendrillon, qui commençait à croire qu'elle ferait tapisserie toute la soirée, se lève d'un bond et se jette dans les bras du séducteur.

Et les voilà lancés sur la piste !

Le vieux prince charmant se remue comme un diable, se déhanche au risque de se briser le bassin, fait tournoyer sa cavalière, la soulève, la chavire. Le couple en sueur tricote des gambettes à perdre haleine au son de l'orchestre qui se déchaîne.

A minuit, catastrophe ! Le prince

charmant, qui avait promis à sa maman centenaire de rentrer avant l'heure fatidique, se sauve en abandonnant la malheureuse Cendrillon au centre de la piste de danse. Dans sa fuite précipitée, il perd sa perruque. La jeune fille, stupéfaite par la brutalité de ce départ, n'a pas le temps de retenir le bellâtre. Alors, elle ramasse la touffe de poils artificiels et, pâle d'émotion, la serre contre son cœur.

Cet homme qui lui a filé entre les doigts, ce monsieur si distingué pour lequel elle éprouve déjà un sentiment amoureux, elle doit le retrouver !

Elle caresse les faux cheveux du séducteur, en respire l'odeur suave et fait le serment qu'elle ira, par monts et par vaux, à la recherche de son bel inconnu.

Elle jure d'approcher tous les chauves du royaume, de leur faire essayer la perruque et d'épouser celui sur qui elle s'ajustera.

L'amour lui commande de se mettre en route tout de suite.

Maman surgelée

Quelle niguedouille cette Gigi-La-Chaloupe ! Mais quelle niguedouille ! Mardi dernier, elle décide de retirer un lapin du congélateur, un bac de bonne taille installé à la cave entre les casiers à bouteilles et le tas de charbon. Elle soulève le couvercle, se penche pour attraper la bête et vlan ! elle bascule et tombe à l'intérieur. Elle se retrouve assise sur un paquet de petits pois pris par la glace. Alors qu'elle va pour se relever, le couvercle se rabat et l'assomme. A peine a-t-elle le temps de compter trente-six chandelles et douze bougeoirs qu'elle tombe dans les pommes. Etalée pour le compte, Gigi-La-Chaloupe ! En moins de temps qu'il n'en faut à un âne pour avoir du son, la voilà congelée à cœur. Une vraie banquise !

Le soir, quand il rentre du travail, Dédé-Sans-Esprit, son mari, la cherche partout.

— Où est-elle passée cette cruche, marmonne-t-il en vidant les armoires et le coffre à linge sale.

Après dix minutes d'une vaine exploration, il renonce. Pour se remettre de l'effort, il se sert un pastis.

A vingt heures Bijou-Mini-Jupe, leur fille, rentre de ses cours du soir.

— Dis donc ma poulette, tu saurais pas où c'est qu'est madame ta mère ? demande Dédé-Sans-Esprit.

— Comment c'est que je le saurais ? répond la jeune fille. Je suis pas le bon Dieu.

— Y'a qu'à dîner sans elle, fifille ! J'ai un creux à l'estomac, faut que je le remplisse. On va se faire décongeler quelque chose.

Bijou-Mini-Jupe approuve.

— J'ai drôlement les crocs moi aussi, dit-elle.

Et elle descend à la cave.

En soulevant le couvercle du congélateur, elle découvre la mère. Raide et couverte de givre.

— Papa, viens voir !

Dédé-Sans-Esprit descend, voit sa femme allongée au fond du bac.

— Elle en rate jamais une celle-là, dit-il sans s'émouvoir.

— Tu crois qu'elle s'est suicidée ? demande Bijou-Mini-Jupe, tout embêtée.

— Se suicider ? C'est bien une idée de bonne femme ça. Mais non elle ne s'est pas suicidée, elle a dû faire un faux mouvement et elle a chaviré, voilà tout.

— Il faut la rouler dans la couverture chauffante, papa.

— Mais non, pauvre gourde, on va la passer au four à micro-ondes, ça ira plus vite. Attrape-lui les jambes, je vais la prendre par les épaules.

Le père et la fille remontent Gigi-La-Chaloupe. On rate des marches, on se cogne au mur, on manque cent fois se rompre les os.

— Elle me fait froid aux mains, se plaint Bijou-Mini-Jupe.

— C'est sûr, on va avoir des engelures, approuve Dédé-Sans-Esprit.

Arrivés dans la cuisine, ils se demandent comment faire entrer la malheureuse dans le four.

— Impossible de la plier en quatre, constate le père.

— Et si on faisait en plusieurs fois ? D'abord la tête, ensuite les pieds, et pour le reste on verra. Tiens, j'ai une idée : on la finira au séchoir à cheveux.

Sitôt dit, sitôt fait. Ils soulèvent à l'horizontale Gigi-La-Chaloupe, la présentent dans l'axe du four dont ils ont ouvert la porte et hop ! la tête dedans. Ils poussent le bouton jusqu'à dix et attendent.

Soudain une voix jaillit.

— Qu'est-ce que je fous là ? C'est quoi que vous me faites ? Arrêtez nom d'une pipe ! Ma mise en plis va tomber !

Dédé-Sans-Esprit et Bijou-Mini-Jupe la retirent immédiatement. Sans leur laisser le temps de placer un mot, la mère se met à brailler comme un putois, insulte l'un et l'autre, les traite de bons à rien, de « fainénants », de parasites, puis, pleurnicharde, s'attriste sur son propre sort.

— Et puis d'abord, pourquoi je suis raide ? demande-t-elle.

Apparemment, le coup de couvercle sur le crâne lui a fait perdre la mémoire. Amnésique, Gigi-La-Chaloupe !

Les deux autres se regardent, atterrés. Ils savent que le mieux serait de la replonger tout de suite dans le congélateur, mais ni l'un ni l'autre n'ose prendre l'initiative d'une solution aussi radicale.

— Alors, on fait quoi ? s'inquiète Bijou-Mini-Jupe.

— Comment ça on fait quoi ? On m'aide à changer la roue de secours et on ne discute pas, hurle la mère.

Allons bon ! Non seulement la voilà amnésique mais aussi brindezingue. Folle à lier, Gigi-La-Chaloupe !

Le père et la fille la calent debout entre la table et le placard à balais. Elle commence à dégeler, lentement. Déjà, à ses pieds, se forme une petite flaque. Dans deux heures, l'ankylose passée, elle recommencera à s'agiter. Pour le moment elle tient des propos décousus sur un gardien de la paix déguisé en bateau de guerre.

Dédé-Sans-Esprit et Bijou-Mini-Jupe se regardent. La consternation les laisse sans voix. Ils attendent. Ils ne savent pas quoi, mais ils attendent. Sans doute des jours meilleurs. Ou bien un miracle. Peut-être les deux. Non, les deux c'est trop. Faut quand même pas rêver.

Deux heures se passent. Gigi-La-Chaloupe est enfin décongelée. Elle patauge dans une flaque. Son mari et sa fille ne sont plus là. Lui, s'est mis en quête d'un miracle ; elle, de jours meilleurs.

Ils ont promis de s'écrire et d'envoyer des mandats à Gigi. Pour qu'elle s'achète une conduite.

Œil pour œil

Attention, Môme Poireau ! Œil pour œil, dent pour dent. Si tu me mords je te mords.

— Faudrait d'abord que tu m'attrapes.

— Et si tu me tues, je te tue !

— Tu dis des bêtises Gros-Michou. Si je te tue ce n'est pas possible que tu me tues puisque tu seras mort.

— J'ai dit œil pour œil, dent pour dent. Si tu me tues je ressuscite et je te tue.

— Hé ! ce n'est pas possible.

— Si, c'est possible ! J'en connais qui l'ont fait.

— Des noms, Gros-Michou ! Des noms !

— Ma cousine Denise, par exemple. Elle est morte un lundi à dix heures, et à onze, voilà qu'elle ouvre un œil.

— Alors, après ?

— Après quoi ?

— Après qu'elle a ouvert un œil, qu'est-ce qui est arrivé ?

— Elle s'est levée et elle a crié : œil pour œil, dent pour dent ! Et elle est partie à la recherche du dentiste qui l'avait tuée.

— Alors là, je te crois pas.

— Et pourquoi tu me crois pas ?

— Parce que les dentistes ça tue pas !

— Le sien, il l'a pas fait exprès. Il l'a tuée par maladresse.

— Comment ça ?

— En lui arrachant une dent il lui a aussi arraché le cœur.

— Par la bouche ?

— Je ne sais pas, je ne connais pas les détails.

— C'est du vent, ton histoire !

— Attends, c'est pas tout : la pince a glissé et crac ! ma cousine l'a prise dans la figure. Ça lui a crevé un œil. C'est pour ça qu'elle est borgne.

— Je vois... C'est en mourant qu'elle s'est dit : œil pour œil, dent pour dent !

— T'as rien compris. C'est pas en mourant, c'est en ressuscitant. Même qu'elle est partie à la recherche du dentiste comme je viens de te le dire.

— Je vois... La vengeance !

— Mais non, pas la vengeance. L'œil pour l'œil, rien d'autre.

— Et la dent, dans tout ça ?

— Quoi, la dent ?

— Tu disais dent pour dent, non ?

— Je le disais à cause du dentiste, ne va pas chercher plus loin.

— Ouais... C'est un peu fumeux.

— Pourtant c'est authentique.

— Et ta cousine, elle va bien aujourd'hui ?

— Ne m'en parle pas ! Cette idiote a coincé son arracheur de dents alors qu'il entrait dans sa voiture, mais elle n'a pas eu le dessus. Il lui a écrasé le cric sur la tête et elle est remorte.

— Elle est remorte ?

— Oui, Môme Poireau, elle est remorte !

— Alors cric pour cric, crac pour crac !

— Elle est remorte mais elle a ressuscité.

— Dis donc, elle est increvable ta cousine.

— A mon avis, elle a un truc.

— Tu devrais lui demander lequel.

— Elle voudra pas me le dire.

— T'auras qu'à lui crever l'autre œil pour la faire parler.

— Tu la connais pas ! Elle desserrera jamais les dents.

Table

Loi du 16 juillet 1949 sur les publications destinées à la jeunesse

Aubin Imprimeur
LIGUGÉ, POITIERS

COMPOSITION – IMPRESSION – FINITION
Achevé d'imprimer en novembre 1991
N° d'édition 10006640 / N° d'impression L 39023
Dépôt légal novembre 1991 / Imprimé en France